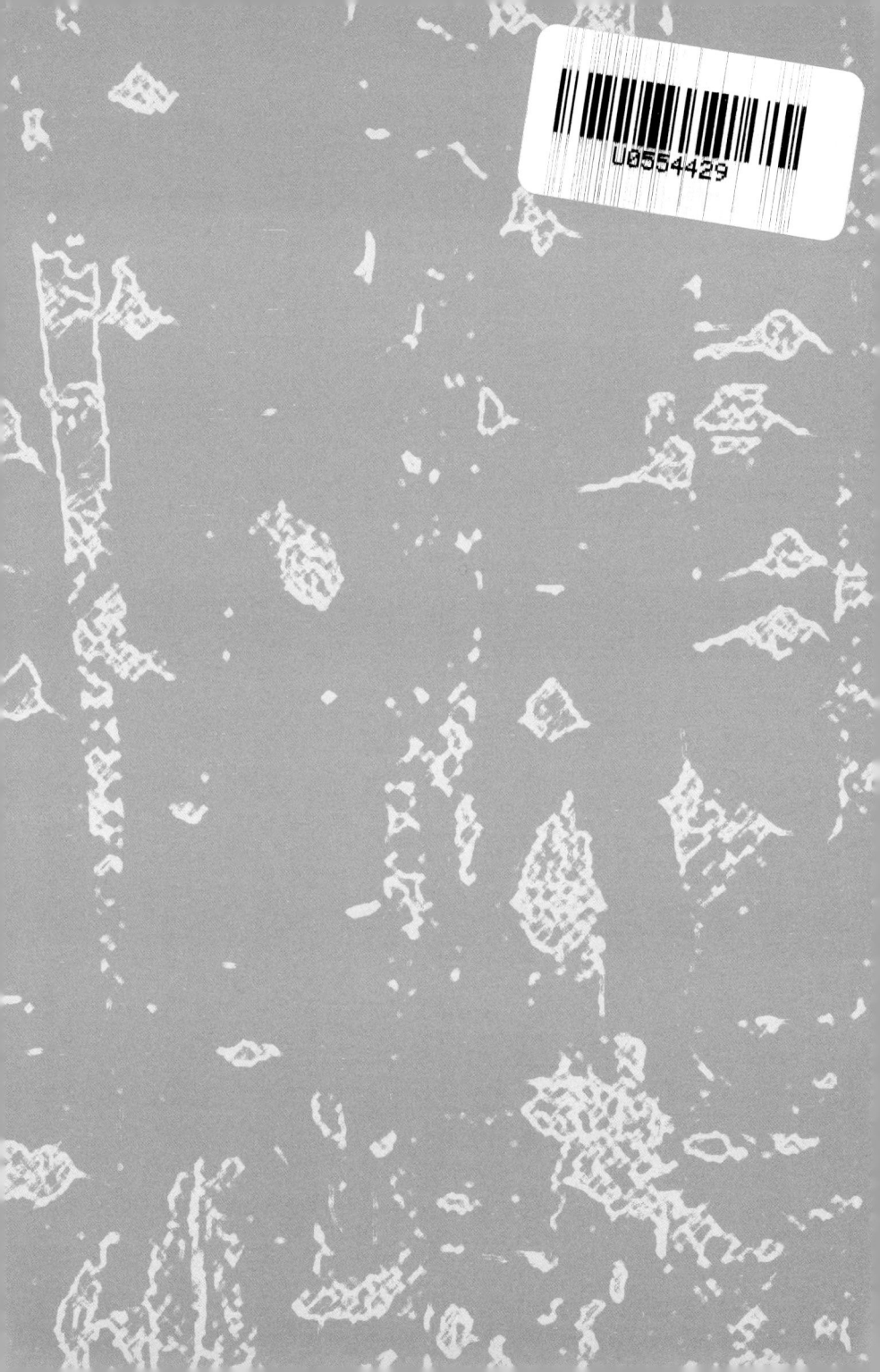

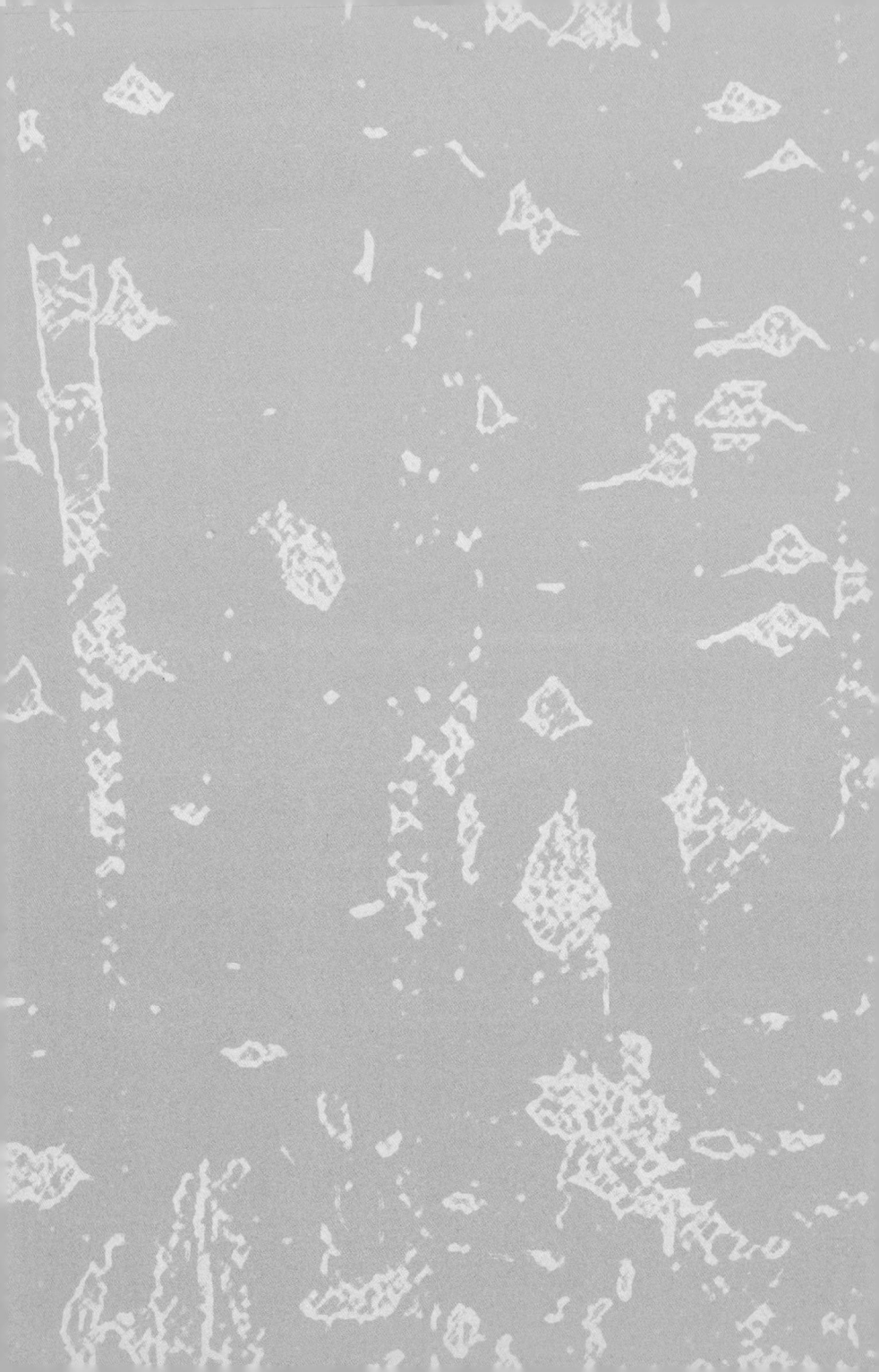

艾特玛托夫代表作

我的包着红头巾的小白杨

Тополек мой в красной косынке

［吉尔吉斯斯坦］艾特玛托夫 / 著

胡平 陈韶廉 白祖芸 / 译

人民文学出版社

© Айтматов Э. Ч., 2016

图书在版编目(CIP)数据

我的包着红头巾的小白杨/(吉尔)艾特玛托夫著；胡平，陈韶廉，白祖芸译. —北京：人民文学出版社，2020
（艾特玛托夫代表作）
ISBN 978-7-02-015162-2

Ⅰ.①我… Ⅱ.①艾…②胡…③陈…④白… Ⅲ.①中篇小说—小说集—吉尔吉斯—现代 Ⅳ.①I365.45

中国版本图书馆CIP数据核字(2019)第062999号

责任编辑	李丹丹
装帧设计	黄云香
责任印制	王重艺

出版发行		人民文学出版社
社	址	北京市朝内大街166号
邮政编码		100705
网	址	http://www.rw-cn.com
印	刷	三河市鑫金马印装有限公司
经	销	全国新华书店等
字	数	123千字
开	本	850毫米×1168毫米 1/32
印	张	6.25 插页3
印	数	1—6000
版	次	2016年1月北京第1版
印	次	2020年7月第1次印刷
书	号	978-7-02-015162-2
定	价	32.00元

如有印装质量问题，请与本社图书销售中心调换。电话：010-65233595

目 次

前言…………………………………………… *1*

我的包着红头巾的小白杨………………………… *1*

第一位老师………………………………………… *126*

前　言

　　钦吉斯·艾特玛托夫是著名的吉尔吉斯斯坦作家,一九二八年生于塔拉斯山区一个农牧民家庭,先后担任过村苏维埃秘书、税务员和记者、编辑等工作。五十年代初开始文学创作,主要作品有:中短篇小说集《草原和群山的故事》,中篇小说《查密莉雅》《永别了,古利萨雷!》《白轮船》《早来的鹤》《花狗崖》和长篇小说《一日长于百年》。其中四部作品获得苏联各种名目的文学奖金。《白轮船》还被拍成了电影。

　　艾特玛托夫的小说多以农村为背景,在艺术手法上吸取了俄罗斯文学和东方民间文学创作的某些特点,擅长刻画儿童、妇女、老人形象。其作品篇幅短小,故事情节紧凑,人物描写细腻,语言委婉流畅;主要特色是以情动人,具有鲜明的民族色彩。

　　艾特玛托夫不仅在苏联享有盛誉,在国外也拥有广大的读者。他的大部分作品都有中译本。我们这个小册子收集了两篇能反映作者艺术特色的中短篇小说:《我的包着红头巾的小白杨》《第一位老师》。

　　《我的包着红头巾的小白杨》讲的是一个一失足成千古恨的故事。小说的主人公伊利亚斯是个有工作热情、积极肯干,但性情鲁莽、好强自负的汽车司机。一次偶然的成功使他忘乎所以,竟擅自挂拖车在崎岖的山路上蛮干起来。出了车祸后,他非但不听心爱的妻子劝告,反而弃家而逃,和另一个曾经爱过他的女人同居。当他幡然悔悟,想与妻子重归于好时,妻子已带着儿子嫁给了一个在困难中帮助她的人,演出了一幕妻离子散的悲剧。小说构思巧妙,情节曲折生动,使人一经开卷,便难于释手。作者以同情而又惋惜的笔调谴责了对工作、对家庭不负责任的态度,同时又告诫人们要珍惜自己和他人的幸福。

《第一位老师》是以一个苏联科学院院士的回忆展开的,它生动地描绘了一位战后被派到边远山区任教的老师玖依申。他为了教育下一代,在愚昧落后的穷乡僻壤呕心沥血、艰苦创业,与邪恶的旧传统观念做不屈不挠的斗争,在平凡的工作岗位上任劳任怨,默默无闻地贡献了大半辈子的生命。当他的学生成了众人瞩目的名人时,他仍做着平凡的工作——为别人投信送报。这位道德高尚的老师不仅使人感动,而且也发人深省。

编　者
二〇一五年六月

我的包着红头巾的小白杨

序　幕

由于担任记者工作,我曾经常常到天山去。有一年春天,我在州中心纳伦,接到编辑部调我回去的紧急通知。不巧,当我赶到汽车站时,汽车已在几分钟前开走了。下一班车还得再等五个小时左右。我没有别的办法,只好试着去赶顺路的车子。于是我向城郊的公路走去。

在公路拐弯地方的加油站旁边,停着一辆载重汽车。司机刚上好油,正在拧紧油箱上的盖子。我高兴了。驾驶室的玻璃窗上涂有国际汽车"SU"(苏联)的标记。这就是说,车子是从中国开往雷巴奇国际汽车场的,而从雷巴奇那里总是可以转车到伏龙芝去。

"您现在就开车吗?请把我捎带到雷巴奇去吧!"我请求司机说。

他回过头来,瞟了我一眼,挺了挺身,然后心平气和地对我说:"不,老兄,我不能够带您走。"

"千万请您帮忙!我有急事,要到伏龙芝去。"

司机皱着眉头又看了我一眼。

"我知道,但是老兄,请别生气,我谁也不带。"

我很奇怪。车子是空的,带一个人又算得了什么呢?

"我是一个记者,有非常紧急的事。需要多少钱,我照付都行……"

"问题不在于钱,老兄!"司机猛然打断我的话,生气地用脚踢了一下轮子,"要在平时,不用付钱我就带您走。但是现在……我不能够。请别见怪。很快还有我们的车子来,您可以搭任何一辆车,但是我不能够……"

我想,他大概在路上要带别的什么人,所以就说:

"车厢里能带人吗?"

"都一样……我很抱歉,老兄。"

司机看了看表,着急起来。

我感到很窘,耸了耸肩,迷惑不解地看了看加油女工。这是一个中年的俄罗斯妇女,在我们对话的整个时间她始终沉默地从小窗里看着我们。她摇了摇头,说:"不要这样,让他安静下来吧。"真是怪事!

司机爬进了驾驶室,把一支没有点燃的香烟塞进嘴里,发动了马达。他还算年轻,大约有三十岁,略略驼背,高个儿。他那一双紧握着驾驶盘的粗大的手和两只疲倦的半睁半闭的眼睛,给我留下了难忘的印象。他在开动车子以前,用手摸了摸脸,沉重地叹了口气,奇怪而不安地看了看前面通往山区的道路。

汽车开走了。

加油女工从小房里走了出来。看来她是想来安慰我。

"别难过,一会儿您就可以走了。"

我没有答话。

"这个小伙子有心事,说来话长呢……他曾经在我们这儿的转运站住过……"

我还没有来得及听完这个女人的叙述,一辆顺路的"胜利"牌小轿车驶了过来。

我们用了很久的时间——几乎快到多伦山口了——才赶上那辆载重汽车。载重汽车以飞快的速度向前奔驰,这种速度甚至对于经验丰富的天山司机来说也是不能允许的。在拐弯的地方车子也不减低速度,它带着隆隆的吼叫声疾驰在悬崖峭壁之间,时而向上飞腾,立即又沉落下去,仿佛钻进公路的洼地中,然后重新在前面出现。车上的雨布飘扬起来,打在车身两边,发出噼啪的响声。

"胜利"牌小汽车终于占了上风。我们赶过了载重汽车。我回过头来,想看看司机是怎样一个冒失鬼,为什么这样不顾死活地往前跑。这时正下着雹子,这在山口地方是常见的。在疾风冰雹之中,透过车窗的玻璃,闪现出一张苍白的、紧张的、嘴里叼着纸烟的面孔。他急速地转动着驾驶盘,两手在驾驶盘上迅速地、大幅度地滑来滑去。在驾驶室和车厢中都没有带任何另外的人。

从纳伦回来不久,我就到吉尔吉斯南方的奥什州去出差。跟往常一样,我们做记者的人的时间总是很紧的。直到火车快开车前我才赶到车站。我匆匆跑进车厢,没有立即注意到坐在我旁边的一位脸朝着窗外的乘客。在火车加快速度以后,他仍没有转过头来。

无线电播送出音乐:用科穆兹琴演奏的一支熟悉的曲调。这是一支吉尔吉斯的歌曲。我始终觉得,这是一位行走在黄昏的草原上的骑士之歌。路途遥遥,草原辽阔,可以想自己的心事,也可以低声唱歌。心里想什么,就唱什么。当一个人单身匹马,四周静悄悄的,只能听到马蹄声的时候,难道他的心事还会少吗?琴弦低声细语地倾诉着,好像清水流过平坦光滑的沟渠。它唱的是:太阳快要下山了,蓝色的凉风无声地掠过大地,暗蓝色的苦艾和黄色的针茅草在褐色的道路两旁轻轻摇晃,把花粉撒到地上。草原在倾听骑士的歌声,而且想同他一起合唱……

也许,曾经有骑士走过这里……也许,也像现在这样,在草原的尽头,夕阳西下,余晖飘渺,渐渐变成乳黄色;也像现在这样,远山的白雪迎着落日的残照,闪烁着瑰丽的色彩,接着又迅速失去光泽……

花园、葡萄园、绿郁茂密的玉米地迅速掠过车窗。一辆双套马车载着满满一车新割的苜蓿草,向铁路的过道口奔驰而来,在铁道拦木面前停了下来。一个晒得黝黑的、穿着褪色的破背心、把裤腿卷得高高的小孩,从马车上站起来。他望着火车,露出微笑,向车上某个旅客挥手问好。

无线电播送的歌曲同火车前进的节拍异常和谐地协调在一起了。火车车轮碰击铁轨的声音代替了铿锵的马蹄声。我身边的这位旅客坐在一张小桌子旁边,用手掩着自己的脸。我觉得,他似乎也在无声地唱着这位骑士的歌。他显得有些忧伤,或者他在幻想;在他的脸上露出某种悲哀的、难以抑制的忧愁。他完全心不在焉,以致没有注意到我。我竭力打量他的容貌。我似乎在什么地方见到过这个人?甚至他的那双黝黑的、有着又长又硬的指头的手,对我都是这么熟悉。

忽然我想起来了,这就是那个不愿意带我上车的司机。这件事我早已不放在心上了。我取出一本书来。是否需要向他提起我呢?或者他早已把我忘记了。须知,司机在路上偶然碰到的人难道还会少吗?

就这样,我们又走了一段路程。每个人都各干各的。窗外渐渐黑了。我的这位旅伴决定抽烟。他取出一支纸烟,在划火柴之前沉重地叹了一口气,然后抬起头来,诧异地看了看我,脸一下子就红了。他认出我来了。

"您好,老兄!"他说,赧然地笑了笑。

我把手伸给他,说:

"远行吗?"

"是的……到很远的地方去!"他缓缓地喷出一口烟,沉默了一会儿,接着说,"到帕米尔高原去。"

"到帕米尔? 这么说,我们是同路啦。我到奥什州去……您是去休假吗?或者是调工作?"

"是的,可以这么说……您抽烟吗?"

我们一块儿抽上烟,又沉默了下来。看来没有什么可以再谈的了。我的这位旅伴又沉思起来。他坐着,低垂着头,身子跟着火车前进的节拍左右摇晃。我觉得,自从上次我见到他以来,他已经大变了。人瘦了,脸变尖了,额头上显出三条刺眼的皱纹。在他的脸上,眉头紧锁,笼罩着一层阴影。我的旅伴突然对我苦笑了一下,问道:

"老兄,大概上次您对我很生气吧?"

"什么时候? 我怎么记不起了呢?"我不希望别人在我

面前难为情。但是他却用这样一种懊悔的神情看着我,使我不得不承认了:"啊……有这么一回事……小事情。我简直忘了。路上什么事没有呢。您还记得这件事?"

"如果在别的时候,我可能也会忘记它,然而在那一天……"

"那一天发生了什么事?出了事故吗?"

"怎么说呢,事故倒没有出,出了别的事……"他说道,想选择适当的字眼,但后来却笑了,笑得很勉强,"要是在现在,您高兴到哪儿去,我都愿意用车子送您,不过现在我自己也是乘客了……"

"没有关系,马踩旧蹄印要踩一千回,我们以后也许还会再见面的。"

"当然,如果再碰到您,我自己就会把您拉进车子里来。"他晃动了一下脑袋说。

"那我们就算说定了?"我开玩笑地问。

"老兄,我说到做到!"他回答说,变得开朗些了。

"不过,那一次您为什么不带我呢?"

"为什么?"他反问了一句,脸色立刻阴沉下来。他默不作声,垂下眼睑,弯下身子,狠狠地吸了一大口烟。我懂得了,不该给他提出这个问题。我有些慌张,不知道该怎样来纠正自己的错误。他把烟头弄熄了,扔进烟缸,好容易才挤出一句话来:

"我不能带您……我要带儿子……他当时正在等我……"

"儿子?"我奇怪了。

"事情是这样的……您知道……怎么给您解释呢……"他又点了一支烟,抑制住自己的激动,忽然坚定地、严肃地看了看我的脸,开始讲述自己的遭遇。

这样我竟有机会听到这位司机的故事。

时间很充裕,火车到奥什州大约要走两昼夜。我没有催促他,也没用问题去打断他的话。当一个人自己讲述一切,重新体验过去的遭遇,思索往事,有时说了半句话就不再说下去的时候,这样做是对的。但是,为了不打乱他的叙述,我需要多大的忍耐啊!因为,由于事情的巧合,也由于我的东奔西跑的记者职业,我已经知道一些关于他以及与他命运相关的人的事情。我可以给他的叙述做补充,给他解释许多事情,但是我决定等他讲完了以后再这样做。等他讲完再做一番思考。我现在认为,当时这样做是正确的。下面就是这篇小说主人公自己的叙述。

司机讲述的故事

……这一切开始得非常突然。当时我刚从军队复员回来。我在摩托化部队服役。在入伍之前,我在十年制学校毕业,也是当司机。我本人是在保育院长大的。我的朋友阿利别克·章图林比我早一年复员。他在雷巴奇汽车场工作。这样,我就到他这里来了。我同阿利别克过去一直幻想到天山或帕米尔高原。这里很好地接待了我。我住到集体宿舍里。发给我一辆几乎是全新的"吉尔"牌载重汽车,车身上一点伤痕都没有……应该说,我很爱自己的这辆车,就像爱一个人似的。我非常珍惜它。这是一辆多么出色的车子啊！发动机功率大。的确，车子并没有经常满载。您知道这是一条什么样的道路。天山公路是世界上最高的山区公路之一，这里尽是峡谷、山脊、隘口。山区里到处有水，但自己还得随时带水走。您也许注意到了，在车身前面一个角上钉着一个木架，上面有一个水箱。因为在九拐十八弯的道路上马达会烧得通红。然而货物却不能载很多。开始的时候，我也绞尽脑汁，总想尽可能多装些东西。但是始终不能改变这种局面。山区终究是山区啊！

我对工作很满意。这个地方我也很喜欢。汽车场位于伊塞克湖的旁边。有时候，一些外国旅行者到这里来参观，接连几小时呆呆地站在湖岸上。于是，我暗自豪起来，心里想说："看！我们的伊塞克湖多么美丽，什么地方还能找到这么优美的景致啊！……"

在最初的日子里，只有一件事情使我懊恼。那正是最忙的季节——春天。集体农庄在党中央九月全会以后都在加油干。人们干得很起劲，然而缺乏机器。我们汽车场的一部分车子被派去帮助集体农庄。特别是新司机，总是被派到各个集体农庄去帮忙。当然，我也是其中的一个。刚好线路走熟了，又被重新调走，从一个村子转到另一个村子。我知道，这是重要的工作，需要这样做。但我终究是一个司机，很疼车子，为车子难过，就好像不是车子而是我自己在坑洼泥泞的土路上颠簸似的。这种破路我连做梦也没有看见过……

有一次，我开车到一个集体农庄去，载了一车修牛栏的石板瓦。这个村子在山脚下,需要经过一个草原。一切都很顺利,道路已经干了,眼看快到村子了。忽然车子开到一个沟渠的过道口。这条过道从春天起就被踩得稀烂,被车轮轧得乱七八糟,连骆驼也拔不出腿来——真没有见过这种路。我左转右拐,千方百计想驶过去,但毫无办法。稀泥拖住了车轮,好像用钳子夹住不放似的。而且我在一气之下把驾驶盘也扭坏了,拉杆在什么地方被卡住了,必须爬到车子底下去修一修……我爬到地上,满身是稀泥和汗水,禁不住破口大骂起这道路来。我听到一个人的脚步声。在车底下我只能看到一双胶靴。胶靴走到车子跟前,在对面站住了。我当时正怒火烧心,心想:这是什么家伙,为什么站着看热闹,难道这儿在演马戏吗?

"走开,别纠缠我!"我从车下喊道。我斜眼看到一条裙子的底边,是一条老式的裙子,上面满是粪迹。显然,这是一位老太婆在等车,希望我把她捎到村子去。

"老大娘,你走自己的路吧!"我对她说,"我还要在这儿待很久,你等不及的……"

她回答我说:

"我不是老大娘。"

她说得有点难为情,又有点像开玩笑。

"那你是什么人呢?"我奇怪了。

"我是姑娘。"

"姑娘?"我斜眼看了一下胶靴,恶作剧地问道,"漂亮吗?"

胶靴在地上踩了两下,拉开步子,准备走开。我赶快从

9

车底下爬出来,一看,原来是一个窈窕的姑娘,她严厉地皱着眉头,头上包着红头巾,肩上披着一件肥大的、大概是她父亲的上衣。她默默地看着我。我简直忘记了自己是坐在地上,满身污泥。

"不错,是一个漂亮的姑娘!"我笑了。她的确是一个漂亮的姑娘。"只是这双胶靴……!"我开玩笑地说,从地上站了起来。

姑娘突然转过身,连看也不回头看一眼,就急忙向前走去。

她这是为什么?生气了吗?我感到有些不安。我好像忽然想起了什么,打算跑过去追她,但又转回身来,迅速收拾好工具,跳进车子,猛力开动马达,时而向前开,时而向后倒。我只有一个心思:赶上她。马达发出隆隆吼叫,车子剧烈地抖动,向两旁摇晃,然而却没有前进一步。她越走越远了。我对着空转的车轮喊叫起来,自己也不知道这是为什么:

"快放我走,快放我走,你听到了吗?"

我用尽全力踩加速踏板,汽车慢慢地爬动着,爬动着,咆哮着。不知出现了什么奇迹,车子忽然从泥坑中挣脱了出来。我多么高兴呀!上路后,我松了松衣服,用手巾擦去脸上的污泥,整理了一下头发。车子赶上了姑娘,我刹住车,鬼知道我从哪儿学来这么一副神气的样子,几乎是躺到座位上,推开了车门。

"请上来吧!"我伸出手,邀请她上车。

姑娘连停也不停,径直走自己的路。

我的神气一点都没有了。我重新赶上了她,这一次我向她表示了歉意,请求她说:

"好啦,别生气啦!我只不过是……请坐上来吧!"

但是姑娘什么也没有回答。

于是,我开车绕到她前面,把车横在路上。我跳下车来,从右边跑过去,打开车门,连手也没有缩回来,自己站在一边。她走到跟前,小心翼翼地看了看我,竟说什么我在缠她。我什么也没有说,等着她上车。或者她是可怜我,或者她有别的什么原因——她摇了摇头,一声不响地坐进车子里。

我开动了车子。

我不知该怎样同她搭话。同姑娘结识和谈话在我并非第一次,但这一次不知为什么有点胆怯。从哪儿谈起呢?我转动了一下驾驶盘,偷偷看了她一眼。她的脖子上披散着弯弯曲曲的、蓬松而柔美的黑发。上衣从肩上滑了下来,她用胳膊把它按住,自己离我远远的,生怕把我碰着了。她的眼光很严肃,但从各方面看,这是一位讨人喜欢的温柔姑娘。她脸上的表情很坦然,虽然她想把额头皱起来,但还是打不起皱纹。最后她也小心翼翼地看了我一眼。我们的目光碰在一起了。她嫣然一笑。我决定趁这个机会说话:

"您刚才为什么站在车子旁边?"

"我想帮助您。"姑娘回答说。

"帮助?"我笑了,"的确您帮助了我!如果没有您,我怕直到晚上还待在那里呢……您平常总是走这条路吗?"

"是的。我在畜牧场工作。"

"这很好!"我高兴地说,但立刻就改正了自己的话,"这条路很好!"正在这时,汽车在一个坑洼的地方颠簸了一下,我们的肩膀相碰了。我"呀"地叫了一声,脸红了,不知道眼睛该往哪里看。她大笑起来。这样,我没有忍住,也哈哈大笑了。

"要知道,我并不想开车到集体农庄去!"透过笑声,我说了实话,"如果我知道路上有这样好的女助手,我就不骂调度员了……哎,伊利亚斯,伊利亚斯!"我责备自己说,接着又向她解释了一句,"这是我的名字。"

"我叫阿谢丽……"

我们驶近了村子。道路比较平坦了。风吹进车窗,吹掉了她头上的红头巾,撩乱了她的头发。我们没有说话,但感到很愉快。常常有这样的情况:在你身边几乎肩挨肩地坐着一个人,你在一小时前还不认识他,而现在不知为什么却只愿想到他,而且你的内心会感到轻松和愉快……我不知阿谢丽心中此时是怎么想的,但她的眼睛却传出笑意。我多么希望我们就这样一直待下去啊!长久地待下去,永远不要分离……但车子已经行驶在村镇的街道上了。忽然,阿谢丽恐惧地想起了什么事:

"停车吧,我该下去了!"

我刹住车。

"您住在这儿吗?"

"不,"她不知为什么有些激动和不安,"最好让我在这儿下车吧。"

"为什么？我直接送您回家去！"不等她反对，我就把车子开走了。

"就在这里，"她恳求我说，"谢谢您！"

"请吧！"我说，半开玩笑半认真地补充了一句，"如果明天我再陷到泥坑里，您会来帮我的忙吗？"

她还没有来得及回答，街道旁边一个小门打开了，一个激动不安的中年女人走了出来。

"阿谢丽！"她喊叫道，"你跑到哪儿逛荡去了，愿上帝惩罚你！走，快去换衣服，媒人来啦！"她用手掩住嘴，轻轻地说。

阿谢丽难为情地从肩上扯下衣服，然后抓住衣服，顺从地跟着母亲走进屋去。她在门口回过头来看了看，但小门砰的一声被关住了。只是现在我才注意到，在街上拴马桩的旁边，拴着几匹带鞍子的马，马身上汗淋淋的，看来是从远地来的。我从驾驶盘后面微微欠起身，朝院墙里面看了看。在院子里火炉旁边，有几个女人走来走去，忙个不停。一个大的铜茶炊冒着烟。两个人在屋檐下收拾一只宰掉头脚的羊。的确，这儿是按全部礼节来招待媒人的。在这儿我再没有什么事情可做了。我还得去卸货呢。

傍晚，我返回车场。我洗完车子，把车开进车库。我磨蹭了很久，找一些零碎的事情来消磨时间。我不知道为什么今天遇到的事情这样使我神魂颠倒。一路上我骂自己："怎么，你想干什么？大傻瓜！她到底是你的什么人？未婚妻吗？姐妹吗？想想看，萍水相逢，不过捎她回家罢了，就害起相思病来了，像爱上了她似的。也许她连想也不愿

13

想你呢。她才不需要你呢！人家有正经八百的未婚夫，你算老几？不过是过路的司机，这种人成百上千，谁认得你……而且，你有什么权力期待什么呢？人家正在说媒，就要结婚了，与你有什么相干？抛开这一切傻想吧，开你的车子，一切就都好啦！……"

但糟糕的是，不管我怎么企图说服自己，我仍然忘不了阿谢丽。

在车子旁边已经没有什么事情可做了。到宿舍去玩玩吧，那儿很热闹，还有文娱室，但我不想去。我希望一个人待一会儿，便靠在汽车的挡泥板上躺下来，两手枕在头下。离我不远的地方是江泰，他在车子底下干活。他也是我们车场的司机。江泰从地坑中探出头来，对我哼了一声：

"骑士，你在想什么？"

"想钱！"我不怀好意地说。

我不喜欢他。他是一个头等贪财鬼，又狡猾，又好嫉妒。他不是像其他人那样住在宿舍里，而是住在一个女人的院子里。人们说，他答应娶那个女人，不管怎样，这么一来就有自己的住宅了。

我转过身去。在院子里洗车场旁边，我们的伙伴们正闹得热火朝天。不知是谁爬到一辆汽车的驾驶室上面，用水龙头浇那些排队等洗车的司机。场上是一片笑声。水龙头喷出大股水柱来，喷到谁的身上，谁就站不住脚。人们想把这个小伙子从车上拖下来，但他两脚跳来跳去，像开自动步枪似的把水柱喷射到人们的身上，冲掉别人的帽子。忽然水柱向上直射，在太阳光中弯曲地掉下来，好像一道彩虹。我朝水柱喷射的地方一看,原来是我们的调度员卡基佳站在那里。她没有跑。平时她善于保持自己的尊严,谁也难得接近她。现在她独自站着,毫无畏惧,态度自若。她对那个小伙子说:不敢碰我就不是好样的。她把穿着短靴的脚摆开,两手扣着头发夹,嘴里含着别针,显出似笑非笑的神态。银白色的水花飘落到她的头上。小伙子们哈哈大笑,怂恿站在车上的那个小伙子使劲浇:

"像洗车厢那样淋她个落汤鸡!"

"使劲!"

"小心,卡基佳!"

但这个小伙子不敢把她浇成落汤鸡,只向她的四周淋来淋去。如果是我,一定要把她从头到脚浇个全湿,卡基佳大概是不会吭半句话的,只会笑笑,如此而已。我始终觉得,她对我不比别人,很温顺,而且还有点卖弄风情。有时候,我摸她的头玩,她却很喜欢。我高兴的是,她总爱同我争吵、骂架,但很快就屈服了,甚至当我错了的时候也是这样。有时候,我回宿舍,顺路送她到电影院去。我到调度室找她,总是走进屋子里去,而别人则只准在小窗口外面站着。

但现在我没有心思去想她。让他们去作乐取笑吧。

卡基佳扣上最后一个别针。

"好,够啦,玩够啦!"她命令式地说。

"遵命,调度员同志!"站在车上的那个小伙子给她敬了个军礼,在哈哈大笑声中被别人从车上拖了下来。

卡基佳向我们车库走来。她在江泰的车子旁边站住

了,好像在找谁。由于车库里有网隔着,她没有立刻看到我。江泰从地坑中探出头来,谄媚地说了一声:

"美人儿,你好!"

"哈,江泰……"

江泰贪婪地盯着她的一双脚。她不满意地耸了耸肩。

"嗯,有什么看的?"她抬起脚,鞋尖轻轻碰到他的下巴上。

如果是别人,大概要生气了,但是这位江泰一点也不在意。他喜形于色,好像被吻了一样,又钻进地坑里去了。

卡基佳看见了我。

"休息得很好吧,伊利亚斯?"

"好像在鸭绒褥子上睡过似的!"

她把脸贴到网子上,仔细地打量着我,然后轻声说道:

"到调度室来一趟。"

"好吧。"

卡基佳走了。我站起来,准备走。江泰又从坑中探出头来。

"这个娘们不坏呀!"他眨了眨眼。

"是不坏,可没有你的份!"我斩钉截铁地说。

我以为他要发火,会爬出来跟我打一架。我不喜欢打架,但现在跟他打一架也没有什么:我心里实在难受,不知道该做什么。

但江泰甚至没有生气。

"没关系!"他嘟囔着说,"咱们走着瞧吧……"

调度室里一个人也没有。这是搞的什么鬼?她藏到哪儿去了？我转过身来，胸脯一下子碰在卡基佳的身上。她背靠门站着，仰着头，两眼从睫毛下面闪射出光芒。她呼出的热气烫着我的脸。我控制不住自己，向她靠近过去，但立即就退了回来。真奇怪，在这一瞬间，我感到这样做是在背叛阿谢丽。

"你为什么叫我？"我不满地问。

卡基佳一直默默地看着我。

"为什么？……"我重复了一句，有点耐不住火了。

"你为什么这样寡情寡义的？"她气恼地回答说，"恐怕是看中什么姑娘了吧？……"

我一时手足无措了。她为什么责备我？她从哪儿知道的？

正在这时，小窗子砰的一声开了。江泰探进头来，脸上露出得意的笑容。

"调度员同志，请收下！"他鬼头鬼脑地伸出手来，交给卡基佳一张什么纸。

她恶狠狠地看了他一眼，又气恼地对着我的脸说：

"谁替你领行车证？还要特别请你来吗？"

她用手把我推开，匆匆走到桌旁。

"拿去吧！"她递给我一张行车证。

我拿了过来。又是到那个集体农庄去的行车证。我的心猛地跳了一下：到那儿去，我知道，又会碰见阿谢丽……而且，一般说来，为什么老是派我而很少派别人到集体农庄去呢？

我火了。

"又是到集体农庄？又是装粪肥和砖瓦？我不去！"我把行车证往桌上一扔，"够啦！我爬泥坑爬够啦，让别人跑几趟吧！……"

"别叫嚷！工作单开的是一个星期！如果需要，再给你加。"她生气地说。

于是，我心平气和地说：

"我不去！"

像往常一样，卡基佳忽然软了下来。

"好吧，我去向领导上说说。"

她从桌上收起行车证。

我心里想："这么一来，我是不去的了，我永远看不到阿谢丽了。"我的心情更坏了。我非常清楚地知道，我将为此悔恨终身。不管会发生什么事，还是去吧！……

"好吧，我去！"我抢过行车证来。

江泰又从小窗口探进头来，说：

"请给我的老奶奶带个好！"

我什么也没有说。真想揍他两个耳光！……我推开门，回宿舍去了。

第二天，我两眼注视着道路。她在哪里？她那小白杨树似的窈窕的身材会出现吗？我的包着红头巾的小白杨啊！草原上的小白杨树啊！尽管她穿着长筒胶靴，穿着父亲的上衣，——这些都无关紧要，我亲眼看到，她是一个多么美丽的姑娘！

阿谢丽打动了我的心，使我神魂颠倒，焦急不安。

我开着车,向两旁张望。没有,什么地方也看不见她。车子开到村子里,到了她的家门口,我略微刹住了车。也许她在家?但我怎么好叫她呢?有什么可说的?唉!也许我命中注定不能再见到她了。我开车去卸货。一边卸货,一边还抱着一线希望:在回去的路上或者还能再见到她吧。但是,在回去的路上并没有碰到她。于是我绕路到畜牧场去。她们的畜牧场离村子很远。我向一个姑娘打听她在哪里。这个姑娘告诉我,她不在这儿,今天没有来上工。"大概她是故意不上工的,为了不在路上碰到我。"我这样想,心情十分不快,垂头丧气地回到汽车场。

第二天我又开车上路。路上我已不再幻想见到她。事实上,我算她的什么人呢?为什么我要为一个已经许配人的姑娘焦急不安呢?然而我又不相信我们的一切就这样结束了,因为直到现在,村里嫁姑娘都是不征求当事人同意的。这样的事我在报纸上不知读过多少。但这又有什么意义呢?嫁出去的姑娘泼出去的水,要想收回来是不可能的,生活已经被毁掉了……这就是我头脑中的想法……

这时正是百花盛开的春天。山下到处开满了郁金香。从童年时代起我就喜爱这种花。我多想摘一束花来献给她啊!我要找到她……

忽然,我简直不能相信自己的眼睛:我看见阿谢丽了!她坐在路旁一块圆石头上,也就是在上次我的车子抛锚的地方。她好像在等谁似的。我把车子开到她跟前。她吃惊地从石头上站起来,不知所措,把头巾从头上扯下来,拿在手里搓来搓去。这一次阿谢丽穿了一身漂亮的连衣裙,穿着一双皮鞋。尽管路途很远,她穿的却是高跟鞋。我很快刹住车,一颗心快要从喉咙里跳出来了。

"您好,阿谢丽!"

"您好!"她低声回答说。

我想扶她上车,但她扭过身去,慢慢地沿着道路向前走。看来她不想上车。我开动车子,敞着车门,同她并排慢慢地走着。我们这样走了一程。她沿着路边走,我开着车子走。我们都默不作声。谈什么呢?后来她问道:

"昨天您到畜牧场去了吗?"

"是的,怎么啦?"

"没有什么。不要到那儿去。"

"我想看您。"

她什么也没有说。

此刻我脑海中想到的,是那该死的说媒的事。我想知道这是怎么回事。要问她,又不便开口。我害怕,害怕她的回答。

阿谢丽看了我一眼。

"这是真的吗?"

她点了点头。驾驶盘在我手中抖动了一下。

"什么时候结婚?"我问。

"快了。"她轻声回答说。

我差点没有把车子猛然开走,开向我目光所及的远方。但是,我没有加快速度,而是拉开了离合器。马达发出空转的吼叫声。阿谢丽连忙向旁边一闪。我甚至没有向她道歉。我没有心情顾上这个了。

"这么说来,我们不会再见面了?"我说。

"我不知道。最好不见面。"

"可是我,我反正……不管您愿意不愿意,我都要来找您!"

我们又沉默了。也许,我们想的是同一件事,然而在我们之间却隔着一道墙,它不让我接近她,也不让她坐上车来。

"阿谢丽!"我说,"不要避开我,我丝毫不妨碍您。我将从远处看着您。您答应吗?"

"我不知道,也许……"

"上车吧,阿谢丽。"

"不,您走吧,村子已经不远了。"

这以后我们在路上又碰到几面。每一次都好像是无意的。同样地,她沿着路边走,我坐在车子里。这使人难堪,然而毫无办法。

我没有问起她的未婚夫。这样做不方便,而且我也不想问。但从她的话中我知道了,她对他并不了解。他是她母亲的什么亲戚,住在山区遥远的林场里。他们两家很久以来就世代联姻,彼此把女儿嫁给对方。阿谢丽的双亲连想也没有想过把女儿嫁给外来人。至于我,更是谈不上。我是什么人?是个外来的、非亲非故的司机。我自己也不敢开口哼一声。

这些天,阿谢丽很少说话。她一直在想什么心事。但我是毫无希望的。她的命运已经决定了,见面是无益的。然而我们像小孩一样,竭力不谈起这件事,照常见面,因为我们不能不见面。我们两人都感觉到,如果失去对方,便不能生活。

就这样过了五天。一天早上,我到车场去,准备行车。忽然通知我到调度室去。

"你可能会高兴,"卡基佳愉快地迎着我说,"现在派你行驶新疆路线!"

我呆了。最后几天的生活使我觉得,我将永远开车到集体农庄去。到中国去一趟往返行程需要许多天,谁知道我什么时候才能抽身去看阿谢丽呢?就这么突然失踪,连通知也不通知她一声吗?

"看来你不大高兴,是吗?"卡基佳问道。

"谁去集体农庄呢?"我激动地问,"那儿的工作还没有完呢。"

卡基佳奇怪地耸了耸肩,说:

"早先是你自己不愿意去的。"

"早先的事多着呢。"我愤愤地说。

我坐到一张椅子上,不知该怎么办。

江泰跑了过来。原来他代替我的位置,被派到集体农庄去了。我有点诧异,心想:江泰大概会拒绝到集体农庄去,因为走这条道路挣的钱要少些。然而他收下行车证,还说了一句:

"卡基佳,你派我到哪儿都行,哪怕是天涯海角!村里的羊羔正好长大了,我给你捉几只回来,好吗?"

然后他看了看我,说:

"对不起,我好像妨碍了您!"

"走开!……"我轻声地说,没有抬起头来。

"伊利亚斯,你坐在这儿干什么?"卡基佳碰了碰我的肩头说。

"我必须到集体农庄去,让我去吧,卡基佳!"我请求她说。

"你有脑袋没有?我不能派你去,工作任务已经派完了!"她说道,不安地看了看我的脸,"你为什么一心想往那儿跑?"

我什么也没有回答,默默地走出调度室,到车库去。江泰从我旁边跳进自己车子,狡猾地溜了我一眼,差点没有撞到挡泥板上。

我磨蹭了很久,毫无办法,只好把车子开到装货的地方。等候装车的人并不多。

同志们叫我抽烟,但我甚至没有下车。我闭上眼睛,想象阿谢丽在路上白白等我的情景。一天,两天,三天,望眼欲穿地等着……她将会怎样想我呢?

快轮到我装车了。前面的一辆车已经开始装货。再过一分钟,我也要把车开到起重机下面。"原谅我吧,阿谢丽!"我想,"原谅我吧,我的草原上的小白杨!"忽然我脑海中闪出一个想法:"我可以先去告诉她一声,再回来。但是擅离线路,误点几小时,这是多大的事故。以后再给车场经理解释原因,或者他会理解。不,他会申斥我,会给我警告……我不能这样!走吧!"

我开动马达,想向后倒车,但后面车子挤得满满的,倒不开车。这时装好货的一辆车开走了,轮到我的车子装货了。

"靠近点！喂,伊利亚斯!"起重机司机叫喊道。

起重机在我头上举起长臂。一切都完了！带着出国物资哪儿也不能去了。我怎么不早点抓紧时间跑掉呢？发货人带着证件走到我面前。我回头看了看后面的小窗:起重机正把货箱摇摇晃晃地向车上送来。货箱越来越近,越来越近了。

这时我叫喊了一声:

"小心!"

车子从货箱底下猛然开跑了。在我等待装箱的时候我的马达并没有停下来。后面是一片喊叫、喧嚣和咒骂声……

我开车绕过货栈、木材堆和煤堆。我好像被钉在驾驶盘上似的。大地在车下飞奔,汽车和我都猛烈地左右颠簸。是的,我们都不大习惯这样做……

很快我赶上了江泰。他从车子里睁大两只眼睛呆呆地看着我:他认出我来了。照说,他看到我有急事,就该给我让路,但是他没有让路,不放我过去。我把车子绕向路边,从田地上越过。江泰还是不让我越过,不让我从地里爬上来。我们就这样疾驰着:他在路上,我在地里。我们的身子都弯弯地紧贴在驾驶盘上,像两只野兽似的,互相斜视着,叫骂着。

"你到哪儿去？干什么?"他叫喊道。

我用拳头向他晃了晃。终究我的车是空车,我赶上了他,飞驰而去。

我没有碰到阿谢丽。我来到村子,喘个不停,好像是跑步来的,好容易才松了一口气。但是,在她家门口和街上连个人影也没有。只有一匹套着鞍子的马拴在木桩上。怎么办?我决定等一等。我想,她看到汽车就会出来的。我爬到马达上面,装出修理机器的样子,而眼睛却不断地向她家的小门看。我没有等多久,小门嘎吱一声开了,她的母亲和一个满脸长着黑胡须、身材肥胖笨重的老头儿走了出来。这个老头儿穿着两件长袍:里面一件是长毛绒的,外面一件是短绒的,手里拿着一条漂亮的马鞭。他满面红光,热汗腾腾的,显然是刚喝了茶。他们走到拴马桩跟前。阿谢丽的母亲恭恭敬敬地替他掌住马镫,帮他上马。

　　"亲家,我们挺满意你们!"她说,"您别替我们担心。为了女儿,我们什么也不吝惜。老天爷知道,我们并不是两手空空的。"

　　"呃,老嫂子,我们不会见怪的,"他回答说,在马鞍上坐正了身子,"让老天爷保佑他们年轻人身体健康。至于财产,这又不是给外人,是给自己的孩子。再说我们结亲又不是第一次……好吧,老嫂子,祝你健康,我们就说定啦:星期五!"

　　"对,星期五。这是个吉利日子。祝您一路平安。给亲家母带个好。"

　　"他们说星期五是什么意思?"我想,"今天是星期几?星期三……莫非是星期五来接亲?唉!这种毁坏我们年轻人的生活的旧风俗要到什么时候才完呢?……"

　　老头儿骑着马慢慢地向山里走去。阿谢丽的母亲一直目送着他,直到再也看不见了,才转身向我投了一个恶意的眼光。

"你为什么老喜欢往这儿跑,小伙子?"她说道,"这儿又不是旅馆!没有什么好停留的,走吧!听到没有?我在跟你说话。"

看来她已经觉察出来了。

"我的车坏了!"我固执地说,索性把整个上身全钻到车盖下面。我想,我哪儿也不去,直到看见她为止。

老妈妈还嘟囔了些什么,然后走开了。

我爬出身来,坐到踏板上,抽烟。不知从哪里跑来一个小姑娘。她用一只脚绕着车子跳来跳去。她长得有点像阿谢丽。莫非是阿谢丽的妹妹?

"阿谢丽走了!"她一边说,一边跳着。

"到哪儿去了?"我抓住她问,"她到哪儿去了?"

"我怎么知道!放开我!"她从我手中挣开了,向我伸了伸舌头,表示再见。

我砰的一声关上车盖,坐到车上,抓住驾驶盘。上哪儿去?到哪儿去找她?已经是该回去的时候了。我在公路上慢慢行驶着,驶进了草原。在渠道的过道口我停了下来。怎么办?我心中毫无主意。我跳下车,躺到地上。真倒霉。阿谢丽没有找到,工作也误了……我沉思起来,没有看见也没有听见世界上的任何东西。不知道这样躺了多久,当我抬起头来时,一看:在车子的那边,有一双穿着皮鞋的姑娘的脚。这是她!我立刻认出来了。我是这样高兴,连心脏都快跳出来了。我用膝盖跪在地上,因为我站不起来。这又发生在我们初次相会的那个地方。

"走开,走开,老大娘!"我对那双皮鞋说。

"我不是老大娘!"阿谢丽接着我的话,开玩笑地说。

"那你是什么人呢?"

"我是姑娘。"

"姑娘,漂亮吗?"

"你自己看吧!"

我们一起大笑起来。我跃身而起,向她奔了过去。她也向我迎了过来。两个人面对面地站住了。

"最漂亮的姑娘!"我说。而她好像风中的小白杨树,轻盈柔美,娇俏多姿,穿着一件短袖连衣裙,手里拿着两本书。"你怎么知道我在这儿呢?"

"我从图书馆出来,一看,路上有你的车印!"

"是这样吗?!"对我说来,这比"我爱你"几个字更有意义。事实上,既然她在寻找我的车印,这就是说,她在想我,她爱我。

"于是我就跑到这里,不知怎的,我觉得你在等我……"

我抓住她的手,说:

"坐上去吧,阿谢丽,让我们兜兜风。"

她欣然同意了。我已经辨认不出她,也不认识自己了。一切恐惧和忧愁都烟消云散。只有我们两人在一起,还有我们的幸福、天空和道路与我们同在。我打开车门,让她坐下,自己坐到驾驶盘跟前。

我们开动车子,就这样沿着道路驶去。我们不知道驶向何处,又为了什么。但对于我们来说,这并不重要。只要我们并肩坐在一起,眉目传情,手碰着手,就足够了。阿谢丽端正了一下我头上的军帽(这军帽我已经戴了两年了)。

"这样好看些!"她说,脉脉含情地靠到我的肩膀上……

汽车像劲鸟似的飞驰在草原上。整个世界都在飞奔:群山、原野、树木迎面掠过。风吹打在我们脸上,因为我们一往直前地疾驶着。太阳在天空照耀,我们在欢笑,空气中飘荡着艾蒿和郁金香的芳馨,我们敞开胸怀畅快地呼吸……

一只伫立在旧坟碑的废墟上的草原之鹰展翅飞起,沿着道路低低翱翔,好像要同我们竞赛似的。

两个骑马的人大吃一惊地闪向路边。接着发出粗野的喊叫声,在后面紧追着我们。

"喂,停住!停住!"他们抽打着四脚已拉平的马匹。我不知道他们是谁,也许阿谢丽知道。但他们很快就消失在尘烟中了。

前面有一辆马车正在转弯。一个小伙子和一个姑娘从车上站起来,看到我们,他们彼此搂着对方的肩头,亲热地向我们挥手。

"谢谢!"我从车子里向他们喊道。

我们掠过草原的尽头,驶上公路,车轮压在沥青路上发出吱吱的响声。

伊塞克湖应该离此不远了。我猛然转过车头,直奔野地,越过灌木丛和草地,把车子开向湖边。在湖岸边的一个小丘上,我们停了下来。

蔚蓝色的水波卷起涟漪,一浪接一浪地洗荡着黄褐色的湖岸。太阳快落山了,远处的水面染上一层玫瑰色。对岸的远方现出一派淡紫色的雪山。雪山上面飘着几朵灰白色的浮云。

"你瞧,阿谢丽!天鹅!"

天鹅只是在秋天和冬天才飞到伊塞克湖来。春天它们很少飞来。人们说,这是从南方飞往北方的天鹅。人们还说,这是幸福的预兆……

一群白天鹅掠过傍晚的湖面。它们舒展着翅膀,时而高翔,时而低回,时而落到水面上,喧哗地戏水,向远处追逐着一圈圈飞沫四溅的浪花,然后又重新飞起,排成一条长线,整齐地挥舞着翅膀,飞向湖边斜长的沙滩去过夜。

我们坐在车子里,无言地看着前面。后来我用这样一种语气说话,似乎我们的一切都已经决定了。

"你看,湖岸上的屋檐,那就是我们的车场。而这个,"我用手指着车子说,"这就是我们的房子!"说完,便哈哈大笑起来。的确,我没有房子给她住。

阿谢丽看着我的眼睛,偎在我的怀中,搂抱着我,哭了,接着又笑了。她说:

"我的亲爱的,可爱的人!我永远不需要房子。我只希望双亲哪怕是以后能够谅解我。他们会生气,会终生气恼,我知道……但是,难道我错了吗?……"

天很快黑了。浓云遮住天空,云层下降到湖面。湖上一片死寂,到处是黑漆漆的。山里像有电焊工人在电焊一样,一会儿银光闪闪,炫人眼目,一会儿电花四散,无影无踪。雷雨临近了。难怪天鹅飞到这儿来过夜。它们预感到在山里会碰到暴风雨。

一声雷响,暴雨倾盆而至。湖上发出轰隆的喧嚣声,湖水激荡着,掀起滚滚巨浪,冲打着堤岸。这是春天的初次雷雨。这也是我们的初夜。雨点打在车上和玻璃窗上,水如泉涌。在漆黑的无边无际的湖面上,闪过几道火红的电光。我们紧紧地偎在一起,小声说着话。我觉得阿谢丽颤抖了一下:或者是被吓住了,或者是冷了。我用自己的衣服给她盖上,把她搂得更紧,感到自己是一个强有力的巨人。我从来没有想到自己会有这么多的柔情;我过去也不知道,保护和关怀别人是一件多么美好的事情。我在她耳边轻轻地说:"我的包着红头巾的小白杨,我永远不让你受任何人的欺侮!……"

雷雨迅速过去了,就像它迅速来到时一样。但是在饱受惊扰的湖面上仍然余波未平,下着稀疏小雨。

我取出在路上用的小收音机。这是我在当时所有的唯一的珍贵财富。我拨好波长,对准电台。现在我还记得,那时正在转播城内剧院演出的芭蕾舞《巧伴》。在群山的那面给我们送来了音乐,温柔而强有力的音乐,就像这个舞剧里所描述的爱情那样。剧场里响起了雷动的掌声,人们高呼演员的名字,可能还向他们脚前投掷鲜花,但是我想,剧场里的任何人都没有体会到我们在愤怒的伊塞克湖畔所体会到的那种狂喜和激动。这出芭蕾舞剧是在讲述我们,讲述我们的爱情。那个去寻找自己幸福的姑娘巧伴的命运强烈地激动着我们的心。我的巧伴,我的晨星同我在一起。午夜,她伏在我的肩上睡着了,我久久不能平静,轻轻地抚摸着她的脸,听着伊塞克湖深处沉重的呼吸声。

早晨,我们回到车场。我受到好一顿申斥。可是当他们知道我这样做的原因后,就原谅了我。后来他们想起我从起重机的机臂下溜跑的情景,还笑了我很久。

我随即起程到中国去。我把阿谢丽带在身边。我打算在半路上把她托给我的朋友阿利别克照料。他的家住在纳伦附近的转运站,离国境线不远。我路过的时候常去看望他们。阿利别克的妻子是一个很好的女人,我很尊敬她。

我们出发了。第一件事是在沿路一家商店里给阿谢丽买几件衣服。她当时只穿了一件连衣裙。除了别的一些东西外,还给她买了一条颜色鲜艳的大头巾。她戴上非常合适。路上我们碰到一个上了年纪的司机,我们车场的老前辈,名叫乌尔马特。他老远就向我们打手势,叫我们停下来。我刹住车。我们走下车,互相招呼:

"乌尔马特,您好!"

"你好,伊利亚斯。把你手上的那只鹰拴紧些!"他按照当地风俗向我表示祝贺,"愿老天爷赐给你幸福和孩子!"

"谢谢您!乌尔马特。您从哪儿知道的?"我诧异地问。

"呃,我的孩子,好事传千里。这条路上一个传一个……"

"原来这样!"我更奇怪了。

我们站在路上说着话,乌尔马特甚至没有到我车前看看阿谢丽。很好,阿谢丽猜到这是怎么一回事了,就把头巾蒙在头上,遮掩着脸。这时乌尔马特满意地笑了。

"这就合乎风俗了!"他说,"姑娘,谢谢你对我的尊敬。从现在起你是我们的儿媳妇了,是车场全体老前辈的儿媳妇了。伊利亚斯,收下,这是见面礼!"他拿出钱来给我。我不能拒绝,否则就会使他难堪。

我们分了手。阿谢丽没有摘下头巾。在遇到熟识的司机的时候,阿谢丽坐在车子里,羞答答地用头巾遮住脸,就像在正规的吉尔吉斯家庭里一样。而只有我们两人在一起时,我们就笑了。

我觉得阿谢丽戴上头巾更美丽了。

"我的未婚妻,睁开眼睛来,吻我一下!"我对她说。

"不行,老人家们会看见的。"她回答说,同时含着笑偷偷地吻了我一下,好像怕被发现似的。

车场里所有的司机在碰到我们的时候都把我们拦住,祝我们幸福。许多人在路上不仅为我们采了花,而且还准备了礼物。我不知道,是谁想出了下面这样一个主意,这大概是我们俄罗斯族的小伙子想出来的吧。按照他们的家乡风俗,结婚的时候通常要扎花车。于是在我们这辆车上,也扎上红红绿绿的饰带、绸巾、鲜花。车子显得喜气洋洋,大概隔几十公里都可以看见。我同阿谢丽感到很幸福,我为自己有这样的朋友而骄傲。俗话说,患难识知己,而我却觉得,在幸福中也能识知己。

路上,我们碰到了阿利别克,我最亲密的朋友。他大我两岁,是一个矮胖的小伙子,长着一个大脑袋。他年纪不大,遇事却很谨慎严肃,是一个优秀的司机。在车场里大家都非常尊敬他,选他担任工会的工作。现在,我想,他会说些什么呢?

阿利别克默默地看着我的车子,摇了摇头。他走到阿谢丽跟前,向她握手问好,表示祝贺。

"好吧,把行车证给我吧!"他要求说。我莫名其妙,一句话也没有说,就把行车证给了他。他取出自来水笔,在行车证上横着写下几个大字:"结婚行车,第167号!"第167号是我的行车证的号码。

"你这是干什么?"我着慌了,"这是行车证!"

"作为历史纪念!"他笑着说,"你以为会计科里坐的不是人吗?现在把手给我吧!"他紧紧地拥抱了我,吻了吻。我们都大笑了。后来我们该走了,阿利别克却挡住我,说:

"你准备在哪儿住?"

我把两手一摊,说:

"这就是我们的房子!"我指了指车子。

"在车子里?生孩子也在这里面?……听我说,你搬到转运站我的宿舍去住吧,我回车场去同领导上说一说,我搬到自己修的那所房子去住。"

"那所房子不是还没有修好吗?"阿利别克在雷巴奇离车场不远的地方盖了一所小房子,工作之余我曾去帮助过他。

"没有关系。剩下的活不多了。你别指望房子有多宽敞,你自己知道,我家现在住得很挤。"

33

"好,谢谢你。我们也不需要宽敞的房子。其实我只想让阿谢丽暂时在你家住一住,而你却把整个宿舍让给我们了……"

"总之,就在我们那儿住吧。回来的时候等我。那时,我们再同妻子一道来决定一切吧。"他说着,斜眼看了看阿谢丽。

"是呀,现在就已经是妻子啦!"

"祝你结婚旅行幸福!"阿利别克追着我们的车子叫喊道。

真见鬼!这可真是我们的结婚旅行!要不又是什么呢?

我们很高兴,因为一切都安排好了,只有一件事情使我有些扫兴。

在一个转弯的地方,出现了江泰的车。他不是一个人,卡基佳同他坐在一起。江泰向我挥手。我来了一个急刹车。两辆车子差一点碰上了。江泰从小窗孔探出头来问道:

"你为什么这么打扮,像结婚似的?"

"正是结婚!"我回答说。

"是吗?"他把音调拖得长长的,回头看了一看卡基佳,脱口而出地说:"我们可在找你呢!"

卡基佳坐在车里,呆若木鸡,脸色苍白,显出失魂落魄的样子。

"卡基佳,你好!"我礼貌地说。她默默地点了点头。

"这么说来,她就是你的未婚妻了?"江泰直到现在才猜到了真情。

"不,她是我的妻子。"我反驳说,抱了抱阿谢丽的肩。

"怎么?"江泰把眼睛睁得更大了,不知道他是高兴,还是不高兴,"哦,祝贺你,衷心地祝贺你……"

"谢谢!"

江泰得意地笑了笑,问道:

"你这个机灵鬼,没有送彩礼就弄到一个老婆了?"

"蠢货!"我骂道,"开车走吧!"

天下竟有这样的人!我还想好好骂他一顿,可是朝窗外一看,江泰站在车子旁边,用手搓脸,嘴里咕噜着什么,并拿拳头威胁卡基佳。而卡基佳却从路上跑开,跑到地里。她跑着,跑着,一下扑倒在地上,用两手遮住头。我不知道他们之间发生了什么事,但我却可怜她。我心中产生了这样一种感觉,好像我有点罪过似的。我什么也没有给阿谢丽解释。

一星期以后,我们搬到转运站的小房子去住了。房子不大,只有一间堂屋和两间正屋。这种房子在这里有好几所,里面住着带家眷的司机和加油站的工人。但地点却很好,在公路旁边,离纳伦不远,而纳伦毕竟是州中心,可以上电影院和商店,也有医院。我们还高兴的是,转运站正好在运输线的中间。我们的运输线基本上就在雷巴奇和新疆之间。中途可以回家休息,过夜。我几乎每天都能看到阿谢丽。甚至在路上耽搁了,哪怕是到了半夜,反正我也得回家。阿谢丽总是等着我,当我还没有回来的时候,她就为我担心,自己不睡觉。我们已经弄到一点家具。总之,生活渐渐安顿得比较好了。我们决定,阿谢丽也找个工作做,这是她自己坚持要求的。她说,她是在乡村长大的,一直都干着活。但是,出乎我们意料的喜事来到了:她很快就要当母亲了。

……阿谢丽生孩子的那天,我刚从中国回来。我急忙去看她,心中激动不安。阿谢丽躺在纳伦的产院里。我赶到产院——她生了一个儿子!当然,没有放我进去看她。我坐上车子,向山里疾驰而去。这正是寒冬。四周是覆盖着冰雪的悬崖峭壁。我眼花缭乱,只看到白色,黑色,白色,黑色……我爬上多伦山口的顶峰。这里真是高耸云霄,云层在地面飘浮,而下面的群山则小如泥丸。我从车上跳下来,吸了一大口气,高声叫喊道:

"嗨,高山!我生了儿子啦!"

我觉得山岳震撼了。它们重复着我的话,我的回声起伏荡漾,从一个峡谷滚进另一个峡谷,经久不息。

我们给儿子起了个名字,叫萨马特。这名字是我想出来的。我们的全部谈话都离不开他:萨马特,我们的萨马特,萨马特笑了,萨马特长牙齿了。总之,就像年轻的父母通常做的那样。

我们生活得很和谐,彼此相爱。然而后来却发生了倒霉的事……

现在我很难说清楚,不幸是从哪儿来的。一切都错综复杂地交织在一起了……的确,现在我自己已经明白了许多事情,但这又有什么用呢。

同这个人我是在路上偶然相遇的,后来分了手,但我不怀疑,这并非我们的最后一次见面。

晚秋的一天,我开车出发。天气令人讨厌。天上下着似雨非雨、似雪非雪的东西,湿淋淋的,密密麻麻的,鬼知道是什么玩意儿。山坡上浓雾弥漫。差不多一路上我都开动着车窗上的雨刷子,因为玻璃全被雨水弄模糊了。这时我已经到了深山,快到多伦山口了。唉,多伦山口,多伦山口,天山的巨大屏障!我的多少事情都跟你联系在一起啊!这是整个线路中最困难、最危险的地段。道路蜿蜒在龙盘虎踞的山石上,九转十八弯,沿着陡峭的山坡一直向上,直入云霄,车轮在云层上奔腾,忽而把人紧压在座位上,不让你伸腰,忽而又急转直下,使你两手紧捏出汗来,生怕驾驶盘从手中滑掉。而山口的天气有如脾气暴躁的骆驼。无论夏天或冬天,在多伦山口都一样:刹那间狂风大作,暴雨倾盆,冰雹遍地,或者洒下鹅毛大雪,什么也看不见。这就是我们的多伦山口!……但是,我们这些久住天山的人对此已经习惯了,甚至在夜间也常常出车。现在,当我回忆往事时,这些困难艰险的历程历历在目,而当我在那儿日复一日地工作时,就没有时间特别去想这些了。

在离多伦山口不远的一个峡谷里,我赶上了一辆卡车。我清楚地记得这辆车的牌子是"加斯-51"。确切些说,不是我赶上了它,而是它停在那里。有两个人在马达旁边修理着什么。其中一个人不慌不忙地走到路当中,举起了手。我刹住车。这个人穿着被雨淋湿了的帆布斗篷,戴着雨帽,走到我跟前。他年纪不过四十,留着一撮军人式的、剪得短

37

短的棕色胡须,脸色有些阴沉,而目光却很镇静。

"老兄,请把我带到多伦山路段去吧,"他对我说,"我去找一辆拖拉机来拖,马达坏啦。"

"请上车吧,我带你去。要不然,咱们来想点办法?"我建议说,自己跳下车子。

"有什么办法可想呢,马达响都不响。"司机砰的一声关上车盖,无精打采地说。这个可怜的人已经冻得周身发青,缩成一团了。看来,他不是我们车场的司机,而是从共和国首都什么地方来的。他茫然若失地环顾着四周。他们是从伏龙芝运什么货到路段上去的。我想,怎么办呢?我脑子里闪现出一个冒失的想法。但我没有说出来,先往山口上望了一望。天色阴沉昏暗,乌云低垂山间。尽管这样,我还是决定了。这个主意倒没有什么了不起,但当时对我说来却是冒险。

"你的刹车灵吗?"我问司机。

"看你说的……刹车不灵我能开车吗!已经告诉你,马达坏了。"

"绳子有吗?"

"有!"

"拿来套上吧。"

他们用怀疑的眼光看了我半天,一动也不动。

"怎么,你发疯了?"司机轻声说。

我这个人有这么一种脾气,不知道这是好还是坏,只要想到一个主意,哪怕拼命也要达到自己的目的。

"你听我说,朋友,套上吧!说实话,我一定能把你们拖到!"我向他靠近一步说。

但司机推开了我。

"你自己走吧!怎么,你不知道,这里是不能带拖车走的吗?甚至连想也不能设想。"

我感到很难堪,好像他拒绝了我最大的请求似的。

"嗨,你这个蠢货,胆小鬼!"我叫道。

我把养路工叫了过来。我是以后才知道他是养路工的。这个养路工看了看我,对司机说:

"把绳子拿来。"

司机大吃一惊,说:

"你要负责任,巴伊切米尔。"

"一切责任都由我们承担!"他简短地说。

这种态度叫人喜欢。你会一下子就尊敬这样的人。

我们开车了,两辆车子被绳子连在一起。开始时还没有什么,一切都很正常。但是在爬多伦山口的时候,道路一直向上,山高坡陡。马达发出震耳欲聋的吼叫声。我想,你这个家伙撒谎,我非榨出你最后一滴油水不可。我过去就注意到,不管多伦山口的道路多么险陡,车子还是可以剩下一些力气来拖拉东西。我们装货都很小心,不超过定额的百分之七十。当然,当时我并没有想到这个。我身上涌出一股强烈的力量,有点像在运动场上的狂热劲头:一定要达到自己的目的,帮助别人把车子拖到路段上。然而要做到这一点却并不那么容易。车子颤抖着,使出自己最大的力量。一团潮湿的东西粘附到车窗上,雨刷子不停地刷动着。不知从什么地方飞来了一片乌云,直接落在车轮前面,挡住了去路。这里拐弯的地方都很险陡。我暗中责骂自己造孽,为什么要把车子套在一起,该不会把别人带着送死吧。与其说是车子在受罪,不如说是我在受罪。我把头上和身上穿戴的东西——帽子、毛衣、上衣、绒衣——全脱了下来,只穿一件衬衫,但仍然直冒热汗,好像在澡堂里一样。拖一辆汽车该有多重,而且还有货物,这样做可不是开玩笑!还好,巴伊切米尔站在汽车的踏板上,协调前后两个车的行动,向我喊话,对拖车上的那个司机打手势。当车子爬向陡峭的斜坡时,我想他大概坚持不住了,会跳到什么地方去,以免遭车祸。但是,他却一动不动。车子慢慢向上爬,好像大雕飞向天空,而他仍然紧抓住车身,站在踏板上。我看了一看他的脸。这是一张沉着的脸,好像是石头雕刻成的,雨水打在他的两颊上,打在他的胡须上,流个不停。我的心里感到轻松多了。

我们前面还有一个高山坡,只要爬上这个山坡,胜利就是我们的了。在这个时候,巴伊切米尔贴近了车窗,喊道:

"小心,前面来车子了,向右拐。"

我把车子拐向右方。从山上开来一辆卡车——这是江泰的车子!唉,我想,这一下我可要挨安全技师的批评啦:他一定会回去告我。江泰越来越近了。他用两手撑住驾驶盘,让车子往下滑,皱着眉头向前看。我们两辆车紧紧地靠在一起了,伸手可以互相摸到。当车子拉平了时,江泰把头朝小窗里一缩,带着责备的神情摇了摇他那戴着棕色狐皮帽的脑袋。"去你妈的!"我想,"你要搬弄口舌,就由你去搬弄吧。"

我们爬上了山坡,下面是个陡坡,然后是一条微微倾斜的小坡,拐一个弯,就到了路段的居住区。我向那里拐过去。终于拖到了!我关上马达,什么也听不见了。我觉得,不是我变聋了,而是大自然变哑了。没有一点声音。我下了车,坐到踏板上,喘着气,感到十分疲倦,而且山上的空气很稀薄。巴伊切米尔跑到我跟前,给我披上毛衣,戴上帽子。那辆车上的司机狠狠地勉强走了过来,脸色苍白,一言不发。他蹲到我的前面,递给我一包香烟。我取出一支烟,手还发抖。我们大家抽了一会儿烟,镇静了下来。我身上那股该死的蛮劲又重新占了上风。

　　"哈!"我吆喝了一声,"看见了吧!"我用手拍了一下那个司机的肩头,而他照样蹲着。然后我们三个人都站了起来,彼此捶打着后背和肩膀,嘴里哈哈大笑,说出一些荒唐的愉快的话来。……

　　最后,大家安静了,抽完了第二支烟。我穿好衣服,看一下表,忽然想起自己的事来:

　　"好啦,我该走啦!"

　　巴伊切米尔皱了皱眉头:

　　"不,到房里去坐坐,我们要招待你一下!"

　　但是我已经没有一分钟的空闲时间了。

　　"谢谢,"我感激地说,"我不能再坐了。我要赶快回家去,妻子在等我。"

　　"或者,就留下来吧,咱们喝两杯!"我的新司机朋友竭力劝我说。

　　"放他走吧!"巴伊切米尔打断他的话,"妻子在等他。

你叫什么名字呢?"

"伊利亚斯。"

"走吧,伊利亚斯。谢谢你救了我们。"

巴伊切米尔站在我车子的踏板上,一直送我到正路上,默默地握了我的手,然后跳下车去。

当我驾车下山的时候,我从车里往外看了看。巴伊切米尔还站在路上。他用手揉帽子,低垂着头,心里在想着什么。

这件事的全部经过就是这样。

我没有把全部细节告诉阿谢丽。我只告诉她,在路上帮助了别人,所以耽误了时间。我对妻子什么也不隐瞒,但是这样的事还是不敢说。即使她不知道这样的事还整天替我担心呢。而且以后我再也不打算干这种事了。一生中有这么一回跟多伦山口较量较量的事,也就够了。如果不是因为我在回来的路上生病了——当时我着凉了——,那么第二天我就会把这一切都忘记的。当天我好不容易回到家里,立刻就躺下了。我记不清当时自己发生了什么事,一直昏昏沉沉的,好像拖着一辆车子行驶在多伦山口。火热的暴风雪烧烤着我的脸,我身体沉重,呼吸困难。驾驶盘好像是棉花做的,我转动着它,它却在手里揉成一团。前面就是山口——但看不到边,汽车翘起前面的散热管,向天空飞去,一直向上飞,吼叫着,一下就从悬崖上掉下去了……显然,我得了"晕山"病了。第三天,病渐渐好了。接着我又躺了两天,觉得自己好了,就想起床,但阿谢丽无论如何不准我起来,强迫我躺在床上。我眼睁睁地看着她,心里想:

是我病了,还是她病了?我简直认不出她来了:她被折磨到这种地步,以致眼睛四周出现了两道黑圈,人也瘦了,显出弱不禁风的样子。而且她手里还抱着孩子。我决定再不能这么下去了。我没有权利什么事也不干。她应该休息。我从床上爬起来,开始穿衣服。

"阿谢丽!"我轻轻地叫道,因为儿子睡着了,"拜托邻居替我们看看萨马特吧,我们一块儿去看电影。"

她跑到床前,把我按倒在枕头上,看着我,好像是第一次看见我似的,竭力噙住泪水,但泪花已经沾湿了睫毛,嘴唇颤抖着。阿谢丽把脸偎到我的胸前,哭了。

"你怎么啦,阿谢丽,怎么啦?"我茫然了。

"我这是高兴,因为你病好了。"

"我也高兴,但你为什么这么激动呢?我虽然病了几天,但却跟你一起待在家里,而且跟萨马特也尽兴地玩够了。"这时孩子已经会爬了,而且快会走了,这正是最逗人喜欢的年龄。"你想知道吗,我不反对再这样病一次。"我开玩笑地说。

"看你说的,我可不希望这样!"阿谢丽申斥地说。

这一下,孩子醒了。她把他从温暖的被窝中抱起来。我们三个人都躺到床上,手挠脚蹬,尽情嬉戏。萨马特却像一头小狗熊,在床上爬来爬去,蹬踩着我们。

"你看,多好呀!"我说,"你感觉怎样?再过不久,我们就到村子里看你家老人去。就算他们不原谅我们。但是,他们看到我们的儿子,喜爱上这个宝贝,一切就都会忘记的。"

的确,我们准备到她家去请罪,这是在这种情况下所应该做的。显然,她的双亲非常恼怒我们。他们甚至通过一个到纳伦来的同乡给我们带了个口信,说永远不会饶恕女儿的行为。他们说,丝毫也不想知道我们生活的情况。但是,我们却希望着,只要我们回到老人跟前,并请求他们宽恕,一切就都会圆满解决。

但是,首先就需要请假,需要做准备:必须给所有亲戚买礼物。我可不愿意两手空空地回去。

这时,冬天来到了。天山的冬天是严酷的:山里有暴风雪、雪崩和山石坍塌。我们当司机的因而增加了操心事,而养路工人的操心事就更多。在这样的日子里,他们要担负清除雪崩的任务。在那些容易发生雪崩的地方,事先把积雪炸开,把道路清扫干净。的确,这个冬天还比较安全,或者只是我没有觉察到有什么事,因为司机的工作总是很忙碌的。这时又给我们车场分配了补充任务。说得确切些,是我们司机主动提出完成这些任务的,而且首先是我提出来的。现在我也不后悔这样做,但是,看来我的一切不幸都是从这儿产生的。事情的经过是这样的。

有一天晚上,我回车场,阿谢丽托我送给阿利别克的妻子一包东西。我到他们家去,敲了敲门,阿利别克的妻子走出来。我从她那儿得知,中国工人给我们车场拍来了电报,要求我们快点把工厂装备给他们运去。

"阿利别克在哪儿呢?"我兴致勃勃地问。

"在哪里?在卸货站,所有的人都在那里。听说列车已经到了。"

我也赶到那里去。我想,应该知道这一切情况。我来到卸货站。我们的卸货站设在通往伊塞克湖的一个峡谷里。这是铁路的终点站。四周灰暗暗的,人声嘈杂。峡谷里的疾风一阵阵袭来,吹得电线杆上的路灯左右摇晃,吹得枕木上的积雪四下飞舞。火车头来回开动着,挂上一节节车厢。在铁路的尽头,起重机挥舞着长臂,把用铁皮和铁丝包装着的木箱从站台上卸下来,这是运往新疆机器制造厂的货物。那里的建筑工程很宏大,我们已经给它运送去一些设备了。

站上集结了不少汽车,但没有一辆车装货。人们好像在等待什么。有的人坐在车子里,有的人坐在踏板上,还有的人靠在木箱旁边避风。谁也没有正经回答我对他们的招呼。大家沉闷地抽着烟。阿利别克站在一边。我走到他跟前。

"你们待在这儿干什么?收到电报了吗?"

"是的。他们希望提前把货送到工厂去。"

"这又怎么样?"

"事情落到我们肩上……你看,路上堆下多少货了,而且还要送来。我们什么时候能运完呢?但人们在期待着我们,指望着我们!……每一天对他们都很宝贵!……"

"你为什么对我发急!这与我有什么相干!"

"有什么相干!这是什么意思?你算什么人?是外国人吗?或者你不明白我们手头的是什么工作?"

"你真糊涂,我的老天爷!"我奇怪地说,转到一边去了。

这时,汽车场经理阿曼若诺夫走上前来。他用衣服挡住风,默默地从一个司机那里点燃烟,把大家打量了一下。

"同志们!"他说,"我去给部里打电话,可能会给我们帮助。但是,不能指靠这一点。应该怎么办,现在我自己也不知道……"

"是呀!阿曼若诺夫同志,要想出办法真不简单!"一个声音附和着说,"货物大小规格都一样。只要堆上两三箱,就再装不进了。就算白天黑夜不断装运,我的老天爷,也得到明年春天才能运完。"

"问题就在这里,"阿曼若诺夫说,"但应该完成这个任务。现在让每家每户所有的人都来想想办法吧!"

他坐进"嘎斯"牌吉普车走了。我们司机一个也没有离开座位。

在黑漆漆的角落里,有一个人自言自语地说:

"真见鬼!一张羊皮裁不了两件皮袄!早就该想到这一点。"他站起来,弄熄了烟头,向车子走去。

另一个人附和着他的话说:"我们这里总是这样,临渴打井,屎胀挖茅坑,到紧急时候才来说什么:司机兄弟们,救救急吧!"

有些人反驳了他的话:

"这是给兄弟国家办事,而你,伊斯马依尔,却像小市上的长舌婆一样,说闲话。"

我没有参加争论,但忽然想起在多伦山口拖车子的事,就像往常一样急不可耐了。

"我倒想出了一个主意!"我跳到人们中间,说,"每一辆车子后面挂一辆拖车!"

谁也没有动一动,有的人甚至连看也没有看我一眼。只有不可救药的笨蛋才能说出这种蠢话来。

江泰轻轻地吹了吹口哨,说:

"看到了吧!"

我听出是他的声音。

我站着,向四面环顾了一下,想把我碰到过的事情给大家讲一讲。忽然一个健壮的小伙子从木箱上跳下来,把手套交给旁边的人,走到我跟前,抓住我的衣领,鼻子对着鼻子,说:

"怎么,出口气!"

"嘿!"我朝他脸上出了一口气。

"没有喝醉!"这个高个子惊奇地说,放下我的衣领。

"这么说来,是个傻瓜!"他的朋友接下去说,然后两个人一同爬进车子,把车子开走了。其余的人同样一言不发地站起来,准备散去。我还从未这样被人取笑过。由于受到这种耻笑,我头上的帽子也发红了。

"站住,往哪儿去?"我嚷道,像热锅上的蚂蚁似的,在司机们中间打转转,"我说的是正经话。可以挂拖车……"

一个老司机——这里的老前辈——走到我跟前,神气懊丧地说:

"当我开始在这儿开车的时候,你还光着屁股爬呢,小家伙。天山——这不是舞场。我可怜你,别逗人家发笑……"

人们哄笑起来,边笑边走回自己的汽车。这时,我高声

47

吼叫起来,叫得使整个卸货站都可以听到我的声音:

"你们这些人,全是娘们儿,不是司机!"

我这样吼叫不过是白费力气,反倒使人们把怒气发泄到我头上。

大家停住脚步,然后一起向我拥过来。

"你这个家伙,怎么啦?想拿别人性命开玩笑吗?"

"想当革新家,拿奖金!"江泰接着说。

人声嘈杂,大家把我挤到木箱旁边。我以为他们会狠狠揍我一顿,便从地上拾起一块板子。

"散开!"谁喝叫了一声,把众人推开。这是阿利别克。

"大家静一静!"他高声叫道,然后转向我说,"伊利亚斯,你就说个明白吧!快点说!"

"有什么说的!"我喘了一口气,说,"衣服扣子全给撕掉了。我曾经在多伦山口拖过一辆汽车,到路段去。拖车上还装着货物。就是这些。"

大家半信半疑,鸦雀无声。

"怎么,拖到了吗?"有个人怀疑地问。

"拖到了。经过整个多伦山口,一直拖到路段的居住区。"

"这倒不错!"有人惊讶地说。

"瞎扯淡!"另外一个人反对说。

"狗才瞎扯淡。江泰亲眼看见的。喂,江泰,你在哪儿?你说吧!记得吧,我们怎么碰见的……"

但江泰没有吭声。他好像遁到地里去了。但这时已顾不上跟他算账。在司机中间展开了一场争论,有些人开始站到我这一边。但是,有一个怀疑分子又立刻使他们改变了看法。

"这全是不中用的胡扯!"他忧心忡忡地说,"某个人某次做过一件什么事,生活中这一类偶然的事难道还少吗?我们又不是小孩子。在我们这条路上是禁止挂拖车的。谁也不会允许这样做。试试看,你去告诉负责安全的工程师吧,他不给你两拳头才怪。他才不愿意为了你们去法院呢……这就是我的全部意见。"

"得了吧!"另一个人插进来说,"什么叫不允许!伊万·斯捷潘诺维奇在一九三〇年驾驶一辆一吨半重的卡车,第一次开辟了多伦山口的线路。当时谁也没有允许他。是他自己走的。你看,他现在还活着……"

"是的,过去的确是这样。"伊万·斯捷潘诺维奇证实说,"可是,"他接着又说,"现在我也有怀疑:在多伦山口,即使在夏天也没有人挂过拖车,而现在还是冬天……"

阿利别克一直沉默着,这时开口了:

"争论已经够了。这是一件从来没有做过的事,需要仔细想想。伊利亚斯,可不能像你这样:随随便便,三下两下,挂上拖车就跑了。需要进行准备,把一切考虑周到,做些商量,进行试验。只凭嘴说,什么也证明不了。"

"我证明给你们看!"我回答说,"现在你们去考虑,去占卜吧,我证明给你们看!那时你们就会相信了!"

每一个人都有自己的性格。当然,应该驾驭自己的性格,但人们并不总能做到这一点。我坐进车,握着驾驶盘,却把汽车和道路一股脑儿丢到九霄云外去了。痛苦、屈辱、怒火、激愤,一时全涌上心头。车子走得越远,被伤害的自尊心越激动。不,我要证明给你们看!我要证明给你们看,教你们知道,什么叫作不相信人、取笑人,什么叫作谨小慎微、胆小怕事!……阿利别克才是好样的呢:他要仔细想想,准备准备,试验试验!他才是聪明谨慎的人呢!可我讨厌这个。我要不客气地做给你们看看,看我比谁都强!

我把车开进库里,在车子旁边消磨了很长的时间。我的心情激动到了极点。我只想到一件事:挂上拖车到山口去。不管三七二十一,我非做到这一点不可。但谁会给我拖车呢?

我带着这种思想在院子里徘徊。天已经黑了。只有调度室的窗户还有光亮。我停了脚步,心想:哦,调度员!调度员能够安排一切。今天调度室值班的好像是卡基佳。那更好。她不会拒绝,不应该拒绝。的确,我之所以这样做,不是去犯罪,相反,她只是帮助我去做一件对大家都有益的、都需要的事情。

当我走到调度室的门口时,忽然想到,我已经很久没有进这扇门了,通常都是在小窗外打交道。我犹豫了一下。门开了,卡基佳站在门口。

"我找你,卡基佳!真巧,碰到你了。"

"现在我下班了。"

"那咱们一块走吧,我送你回家。"

卡基佳惊奇地竖起了眉毛,怀疑地看了看我,然后微微笑了。

"好,咱们走吧!"她说。

50

我们走出过道。街上已经漆黑了。伊塞克湖传来喧嚣的浪涛声,吹来阵阵冷风。卡基佳拉着我的胳膊,贴近我身边,躲着风。

"冷吗?"我问。

"和你在一起,冻不死我!"她开玩笑地说。

一分钟以前我还万分激动,现在不知为什么却平静下来了。

"明天你什么时候值班,卡基佳?"

"第二班是我,什么事?"

"有一件事,非常重要的事。一切都取决于你……"

开始时,她连听也不愿意听,但我一个劲儿地去说服她。我们在路灯下面停了下来。

"啊!伊利亚斯!"卡基佳说,恐惧地望着我,"你这么干只是白费心思!"

但我已经知道,她将照我的要求办。我拉起她的手来,说:

"你相信我!一切都会好的。好吧,现在谈妥了吧?"

她叹了一口气。

"对你真没办法!"她点了一下头。

我情不自禁地拥抱了她的肩膀。

"你如果生下来是个男子汉就好了,卡基佳!好,明天见!"我紧紧地握了她的手,又叮嘱了一句,"天黑以前把一切证件准备好,懂了吗?"

"别着急!"她放开我的手说。然后她出其不意地转过身来:"好,你走吧……今晚你在宿舍住吗?"

51

"是的，卡基佳！"

"祝你晚安！"

第二天，我们这里进行安全检查。汽车场的人们神经都很紧张：检查员总是不凑巧地突然出现，总是吹毛求疵地对一切都挑剔一番，然后定下一些清规戒律。需要跟他们做多少周旋，费多少神啊！但是，今天的几位检查员倒算态度和蔼的。

我并不担心他们检查我的车子，但我还是尽量离他们远些，装作在修理车子的样子。卡基佳值班的时间要往后推延了。谁也没有同我讲话，没有提起昨天的事。我知道，这时人们都顾不上我：大家都希望快些结束检查，好开车上路，抢回白白浪费掉了的时间。然而我心中的委屈情绪并没有消失。

我在下半天才轮上检查。检查员走后，一切都平静下来，四周空荡荡的。在院子里面的露天下停着几辆拖车。这是供国内平路运输用的。我看中了其中的一辆——这是一辆普通的四轮拖车。我要解决的奥秘就在这里！然而后来我却为此不得不忍受多大的内心折磨与不安啊！……当时我还不知道是什么命运在等待着我。我安静地走回宿舍。需要饱饱地吃一顿饭，再睡个把钟头觉，因为前面的路程是艰苦的。但是我却在床上翻来覆去，不能入睡。天快黑的时候，我回到汽车场。

卡基佳已经在这里。一切都准备妥当了。我领了行车证，急急忙忙跑进车库。"现在得好好干！"我扭转车头，开到拖车跟前，刹住车，然后走下车来，看了看四周。一个人也没有,只听到修理厂车床的轧轧声和伊塞克湖的波涛冲打湖岸的喧嚣声。天空好像清澈无云,但还看不见星星。汽车的马达轻轻滚转着,我的心也在跳跃着。我想抽支烟,但立刻把烟收了起来,等一会儿再抽。

警卫员在门口挡住了我。

"停住,上哪儿去?"

"运货去,老人家,"我说,竭力装出平静的样子,"这是行车证。"

老头儿把鼻尖碰到纸上,但在微弱的路灯下还是无法认清纸上写的东西。

"别耽误我的事,老人家!"我有些忍不住了,"工作在等着我。"

装货工作进行得很正常。这一次是满载:车子上装了两大箱,拖车上也装了两大箱。谁也没有说一句话——我甚至都觉得惊奇了。我开车上路,只是这时才点燃烟。我换了个舒服的坐势,打开前面的车灯,加足了马力。道路两旁黑漆漆的阴影一闪而过。道路空荡荡的,谁也不妨碍我把行车速度加快到最大限度。汽车轻快地疾驰着,几乎没有感觉到后面轧轧作响的拖车的存在。的确,在拐弯的时候车子向旁边歪,比较难以驾驶,但我想,这是由于不习惯的缘故,慢慢会适应的。"非到多伦山口不可!非到新疆不可!"我向自己喊叫道,弯下身子紧贴着驾驶盘,像骑士俯卧在马背上一样。当道路平坦的时候,应该加油冲。午夜时分,我已准备向多伦山口突击了。

有一段时间,我行车的速度甚至超过了自己的打算。

但进入山地时,我不得不小心些。这并不是因为马达受不了。与其说是上坡路阻碍了我,不如说是下坡路妨碍了我。拖车在斜坡上晃晃荡荡,轧轧作响,撞到汽车上,使我不能稳稳地下坡。每一分钟都不得不转换速度,刹车,滑车。起初我还忍耐着,竭力不去注意它。但越往前走越厉害,这使我感到不安和焦躁。路上有多少上坡和下坡?有谁会想到来计算这个呢!但我终究还是没有气馁。什么也不能威胁我,只是我已经疲倦了。"没有关系!"我安慰自己说,"到多伦山口前面再歇口气。我一定能通过山口!"我不明白,为什么现在我感到比秋天拖汽车的时候要困难得多。

多伦山口临近了。汽车的灯光照射到漆黑的峡谷的巨大崖石上,覆盖着白雪的悬崖峭壁耸立在道路两旁。一片片鹅毛大雪在车前闪烁。我想:"这雪该是从山上吹下来的吧!"但雪花沾满了车窗,往下坠落,看来是下雪了。雪片虽不很密,然而是湿的。"这还不够吗!……"我咬牙切齿地咒骂道,开动了雨刷子。

车子开始爬上多伦山的最初几个陡坡。马达唱出熟悉的歌子。在道路两旁漆黑的旷野中,响彻着单调的、费力的吼叫声。最后爬上了陡坡,前面是一条长长的下坡路。马达咕噜作响,车子向下滑去,但立刻从一边拐向另一边。我的后背感觉到拖车在捣乱,它碰撞着前面的汽车,在拖车和汽车挂钩的地方发出铿锵的碰击声。这撞碰弄得我腰酸背痛,使得前臂也隐隐作痛。车轮已不听从刹车的控制,沿着潮湿的雪地向前滑。车子拉着拖车,整个车身不断颠簸震荡,驾驶盘从我手中挣脱了出去,车子沿着斜坡路往下滑。

我抓住驾驶盘，把车停住。再不能前进了，已经筋疲力尽了。我关了车灯和马达，两只手已经麻木，好像是假手。我仰身靠到座椅上，听到自己沙哑的喘气声。这样坐了几分钟，歇了一口气，点燃一支烟。四周黑漆漆的，一片死寂，只有寒风吹进车子的缝隙发出的沙沙声。我害怕预测前面会碰到什么。从这儿开始正是九转十八弯的蛇形坡道。爬不完的弯弯曲曲的山坡，无论对于车子和对于我的双手，都是痛苦的折磨。但是已经没有时间来想了，雪下起来了。

我发动了马达。汽车发出费力的吼叫，向山上开去。我咬紧牙齿，气也不敢喘一口，爬上一圈又一圈的弯弯曲曲的山坡。这一段盘蛇似的坡道总算走完了，前面是一条陡峭的下坡路，然后是一条平坦的、坡度不大的道路，从那里可以通向路段，再往前就可以向多伦山口发起最后的突击了。我艰难万状地往下滑行。在一条约四公里长的直路上我加快了马力，借着这股冲劲一下就冲上了前面的一个山坡。车子继续向上，向上……这样冲了没有多久，车子突然减缓了速度，这引起我的不安。我换上第二挡，然后又换上第一挡。我仰身靠后，抓住驾驶盘，云缝中的几颗寒星映入我的眼帘。车子走不动了，不能再走了。车轮在地上空转，向旁边移动。我紧踩加速踏板，一直踩到底了。

"啊！还有一段路！还有一小段路就到了！坚持住！"我用一种陌生的声音喊叫道。

马达发出长长的呻吟声，隆隆地颤抖着，像是出了毛病，不规则地震荡起来，然后失去了响声。汽车慢慢向后滑下去。刹车也失灵了。汽车被拖车拖着往下滑，一直从山坡上滑了下去,最后撞在一个崖石上,猛然停了下来。一切都哑然无声了。我推开车门,往外一看。真他妈的碰上了!拖车掉到路沟里去了。现在没有任何力量能把它拖起来了。我在狂乱中重新发动马达,向前冲。车轮疯狂地打转,整个车身不断震动,但车子仍然待在原地方。我跳下车子,跑到拖车跟前。拖车的轮子深深陷到沟里去了。怎么办?在狂怒中我没有仔细考虑,便扑向拖车,用两手和全身来推拖车的轮子。然后又爬到车厢下面,像野兽似的使尽全身力气,用肩头去抬拖车,希望把它抬到路上,但一直抬到头晕眼花,仍然毫无结果。我实在筋疲力尽了,脸朝下摔倒在地上,弄得脸上身上全是污泥雪水。我沮丧地哭了。后来,我从地上爬起来,摇摇晃晃地走到汽车跟前,在踏板上坐了下来。

　　远处传来马达的隆隆声。两道灯光从斜坡上向下面道路投射过来。我不知道这个司机是谁,上哪儿去,为什么命运驱使他在午夜行车,但是我害怕这两道灯光会照到我和抓住我。像一个小偷似的,我快步蹿到拖车前面,把挂钩扔到地上,然后跳上车,顺着大路往上疾驶而去,把拖车丢在沟里。

　　一种不可理解的、使人心惊肉跳的恐惧,紧紧缠住了我。我一直觉得拖车在后面追赶我,眼看就要赶上了。我用从未有过的飞快的速度奔驰着。我之所以没有撞死在路上,也许仅仅是因为我太熟悉这一段路程了。

　　黎明前,我来到转运站,昏头昏脑地像疯子一样用拳头击门。门砰的一声打开了,我连看也不看阿谢丽一眼,就穿门而入,因为我从头到脚全是污泥。我坐到一个什么湿的东西上,沉重地喘着气。椅子上原来是一堆刚洗好的衣服。我伸手到口袋里掏香烟,却把一串钥匙抓了出来。我使劲把它扔到一旁,垂下头来,心灰意冷,呆若木鸡,周身污垢。阿谢丽光着一双脚在桌子旁边急得打转。但我能告诉她什么呢?阿谢丽从地板上拾起钥匙,放到桌子上。

"洗一洗吧?我从昨晚起就烧上水啦。"阿谢丽轻轻地说。

我慢慢抬起头来。阿谢丽穿着一件衬衫站在我面前,已经冻得发僵了,两只纤细的手放在胸前。她用一双饱受惊吓的眼睛看着我,带着恐惧和怜惜的表情。

"我在山口把拖车弄翻了。"我用一种陌生的淡漠的声音说。

"什么拖车?"她莫名其妙地问。

"一辆绿色的铁皮拖车,02-38号!什么拖车反正都一样!"我激动地叫道,"我偷来的,知道吗?偷来的!"

阿谢丽轻轻叹了一口气,坐到床上。

"为什么偷?"她问。

"什么叫为什么?"对于她的这种不理解,我火了,"我想挂着拖车过山口!懂了吗?想证明自己的主张……这一下完蛋了!……"

我重新把头埋在手掌里。我们两个人沉默了一会儿。阿谢丽忽然坚决地站起来,开始穿衣服。

"你坐着干吗?"她严厉地说。

"有什么办法?"我说。

"回汽车场去。"

"怎么能回去！不带拖车吗？"

"回去把一切解释清楚。"

"你怎么啦？"我火了，在房里转来转去，"我有什么脸再把拖车拖回去？要我去跟他们说，原谅我吧，宽恕我吧，我错了！趴在地上苦苦哀求他们？我不干！随便他们怎么办，我都无所谓！"

我的喊叫声惊醒了床上的孩子。他哭了。阿谢丽把他抱起来，而他却吼叫得更厉害了。

"你是一个胆小鬼！"阿谢丽忽然轻声地然而坚决地说。

"什么？"我失去了理智，向她扑了过去，拿拳头在她头上晃了几下，但没有敢打下去。她那一双惊愕的、睁得大大的眼睛阻挡了我。我从她的瞳孔中看到了自己可怕的凶相。

我粗暴地把她推到一旁，然后跨过门槛，走了出去，砰的一声把门关上。

院子里天已大亮。在光天化日之下，我更加觉得昨夜的一切不光彩，见不得人，而且无法挽救。当时我只看到一条出路：姑且把车上的货物运送到指定的地方。以后怎样，我就不知道了……

在回来的路上我没有回家。这并不是因为我跟阿谢丽吵了架。我不希望任何人看到我，也不希望看见任何人。我不知道别人在这种情况下会怎样，但是我却希望独自一人待着。我不爱向别人表白自己的痛苦。谁愿意听你的痛苦呢？在一切还没有完结以前，能忍的就忍住吧……

我在路上一家旅店里住了一夜。我做了一个梦，好像在山口寻找拖车。这不是一般的梦，而是一个噩梦。我看到了车轮的印迹，然而拖车不见了。我东奔西跑，到处打听拖车的下落，问别人：谁把它拖走了？……

当我回去的时候，拖车的确已经不在那倒霉的路沟里了。后来我才知道，是阿利别克把它拖回车场去了。

在拖车被拖回汽车场之后，早上我也回到车场。这几天，我整个人都变黑了，对着车上的小镜子一照，自己也认不出自己了。

汽车场里的生活依然如旧，只有我像个外人似的，怀着鬼胎把车子驶进大门，轻轻地开进院子，在离车库远远的一个角落里停下车。我没有立刻下车，在车里用眼睛四处张望了一下。人们都放下工作，看着我。唉！如果我现在能够转头就跑，跑到天涯海角，那该有多好啊！但此时真是上天无路，入地无门，只好硬着头皮走下车来。我鼓起自己的全部勇气，走过院子，到调度室去。我尽量装出平静的样子，但事实上却像一个犯了错误的人在队伍面前示众一样。我知道，大家都在用阴沉的眼光看着我。谁也没有叫喊一声，谁也没有招呼一句。是的，如果我处在他们的地位，我也会这样做。

我在门槛上绊了一跤。我的心也像绊了一跤：我竟把卡基佳忘了，我使她陷入了多么窘困的处境啊！

走廊墙壁上挂着的那幅题为《闪电》的宣传画落到我眼里，上面写着"可耻"两个大字，而在这两个字的下面画着一辆被扔到山沟里的拖车……

我转过身来,脸上热辣辣的,好像挨了一记耳光。我走进调度室,卡基佳正在打电话。她看到我进来,便挂上话筒。

"给你!"我把这张倒霉的行车证扔到桌上。

卡基佳同情地看着我。我想,你可千万别大嚷大叫,别哭鼻子才好呢!"以后你爱到哪儿去哭都可以,但现在千万别哭!"我心中暗自请求她说。她领会了我的意思,什么也没有说。

"大家意见很大吧?"我轻轻问道。

卡基佳点了点头。

"没关系!"我从牙缝里挤出几个字来,竭力想给她打气。

"已经把你从这条线路上撤换下来了。"她说道。

"撤换了?完全不让我行车了吗?"我脸也歪了,露出一丝苦笑。

"本来想完全把你撤掉,让你去搞修理……不过小伙子们护着你……现在暂时把你换到国内路线上开车。到经理那儿去吧,他刚才还在找你呢。"

"我不去!让他们自己决定吧,我不到场。我不后悔……"

我走出调度室,垂头丧气地走过走廊。一个人向我迎面走来,我想从旁边避开他,但阿利别克挡住了我的去路。

"别走,你站住!"他把我挤到屋角,两眼凝视着我,用一种恶狠狠的、严厉的语调轻轻对我说,"好呀!英雄,你证明了什么？证明了自己是狗熊！"

"我本想做得好些。"我喃喃地说。

"撒谎！你想一个人出风头，为了自己，结果把正事给误了。现在你再去证明能够挂拖车吧！蠢货！风头大王！"

对于其他任何一个人来说，这几句话也许能够迫使他去思考自己的问题，但是对于我来说，这些话却成了耳边风，现在什么话对我反正都一样；我什么也不能理解，只看到自己的屈辱。我是风头大王？竭力想出风头？想沽名钓誉？这是冤枉人！

"你走开吧！"我把阿利别克推开，"没有你我已经够受了。"

我走出走廊，来到台阶上。彻骨的寒风扫起院子里的雪花。人们从我身边走过，一言不发地侧目而视。有什么可做呢？我把拳头插进口袋，向大门口走去。道路上的水洼结了冰，走起路来往下陷，发出咯吱咯吱的响声。一只装润滑油的洋铁罐碰到我的脚，我用尽全力把它从大门口踢了出去，一直踢到街上乱滚。

整天我都无目的地在街上打转，在冷清清的码头上徘徊。伊塞克湖上掀起了风暴，驳船在码头旁边荡漾。

后来，我走进一间酒铺，要了半公升烧酒，一碟小菜。一杯下肚，我就晕头转向了，痴呆呆地看着脚底下。

"骑士，为什么要垂头丧气？"忽然我听到一个有礼貌的、略带嘲笑的声音。我用力抬起头来。原来是卡基佳站在我的身边。

"为什么一个人酗酒?"她微笑着说,然后坐到桌子旁边,"让咱俩一块儿喝吧!"

卡基佳倒了两杯酒,把一杯送到我跟前。

"接住!"她说,满怀深情地瞟了我一眼,似乎我们到这儿来就是为了一块儿坐着喝酒的。

"你为什么高兴?"我不由自主地问。

"我为什么要伤心?跟你在一起,我什么也不在乎,伊利亚斯!我以为你比我要坚强些呢。好啦,咱们豁出来啦!"她轻轻地笑着说,向我靠紧了些,跟我碰了碰杯,用一双含情脉脉的黑眼睛看着我。

我们一饮而尽。我点上烟,觉得轻松一些,于是微微一笑,这是我在这一天第一次笑。

"卡基佳,你是好样的!"我说,握了一下她的手。

然后我们走到街上。天已经黑了。狂风从湖上吹来,吹得树枝和路灯左右摇晃。大地在脚下旋转。卡基佳扶着我,关切地给我提衣领。

"卡基佳,我对不起你!"我说,感到一种内疚和感激之情,"不过,我告诉你,我决不让别人欺侮你……我自己负责任……"

"忘掉这个吧,我的亲人!"她回答道,"你是一个不安分的人,总想奔向什么地方,我为你心疼。而我过去也是这样的人。生活是不能追赶的,抓什么事情就得抓紧……为什么跟命运开玩笑!"

"这要看怎么理解!"我反对她说,然后想了一想,又说,"也许你是对的……"

我们在卡基佳住的房子门口停下来。好久以来,她就是一个人生活了。不知为什么她同丈夫离婚了。

"好啦,我到家了。"她说。

我迟疑了一下,没有走。在我们之间已经有一点什么东西把我们联结在一起了。再说,现在我也不想回宿舍。真理是好的,但有时太严酷,使人情不自禁地回避它。

"亲爱的,你在想什么?"卡基佳问道,"累啦?还要走很远吗?"

"没什么,我会走到的。再见。"

她拉住了我的手。

"哦,给冻坏啦!再站一会儿,我给你暖一暖吧!"她说道,把我的手放进她的大衣里,忽然冲动地把我的手紧贴到她的乳房上。我没有敢立刻缩回,也不敢抗拒她的这种强烈的抚爱。她的心房在我手下跳动,敲打着,好像在要求满足它久已期待的东西。我虽然已有几分醉意,但还不到神志不清的地步。我警惕地缩回了手。

"你要走了吗?"卡基佳问道。

"是的。"

"好吧,再见!"卡基佳叹了一口气,迅速地走开了。在苍茫的夜色中,小门砰的一声关上了。我也迈开脚步,但走了几步又停下来。我自己也不知道这是怎么回事,可是我已经重新站到门边。卡基佳在等着我。她扑到我的身上,两手搂着我的脖子,紧紧地拥抱着我,吻我的嘴唇。

"你回来了!"她喃喃地说,然后拉起我的手,放到她的怀中。

半夜我醒来时,很久都不知道自己在什么地方。头很疼。我同她躺在一张床上。她的温暖的半裸的身体紧贴着我,她的脸对着我的肩膀均匀地呼吸。我决定起来,马上走。我动了一动,卡基佳还没有睁开眼睛就搂住了我。

"别走!"她轻声地恳求说,然后抬起头来,在昏暗中看着我的眼睛,断断续续地细声说,"现在我不能没有你……你是我的!你永远是我的!……别的我什么也不知道。只要你爱我就行了,伊利亚斯!别的我什么也不要……我不会让步的,你懂吗,不会退让!……"卡基佳抽泣着说,她的热泪流到我的脸上。

我没有走。黎明时睡着了。当我们醒来时,天已大亮。我赶紧穿好衣服,一股不愉快的、恐惧的寒气掠过心头。我边走边穿上短皮大衣,迅速走到院子里,匆忙地溜出门去。一个戴棕色狐皮帽的人径直向我走来。啊!我的眼睛好像被子弹打中了!是江泰去上班。他住在附近不远的地方。我们两人刹那间都呆了。我装出一副没有看见他的样子,猛然转过身去,迅速向汽车场走去。江泰别有用心地在后面咳嗽了一声。他的脚踩在雪地上吱吱作响,始终离我不远不近。就这样我们一前一后地走到汽车场。

我没有去车库,就直接到办公室去。在通常早晨开碰头会的总工程师办公室里,人声嘈杂,议论纷纷。此时我真想走进门去,在窗台上找个什么地方坐下,跷起两只腿,点燃一支烟,听听这些司机们在怎样并无恶意地互相叫骂和争论。我从来还没有意识到人的欲望会这么强烈。但我没有进去。我不是胆怯。我想,我不会胆怯。我仍然满怀怨恨，表现出一种挑衅的、绝望的、无力的固执。此外，还加上同卡基佳一起过夜而引起的心慌意乱……再说，人们也完全没有打算忘记我的过失。门里面恰好在议论我。不知是谁叫嚷道：

"不成体统！应该把他送交法院，而你却袒护他！竟然还厚颜无耻地说，他想得正确！而他却把拖车扔到山口里！……"

另一个声音打断了他的话：

"说得对！这种人我们见过。机灵得很。趁大家不注意的时候，企图悄悄地抓奖金，还说什么是为了汽车场……但是偷鸡不成蚀把米！"

人们互相争吵起来。我不愿偷听别人的议论，就走开了。

我听到背后人们的说话声，便加快了脚步。司机们仍然在吵吵嚷嚷地说个不停。阿利别克不知对谁慷慨激昂地大声嚷着，想要证明一点什么：

"控制拖车的制动器我们可以在汽车场里自己做。安一个压气用的软皮管，装上木擦，这并不是太困难的事！……那是伊利亚斯吗？伊利亚斯，站住！"他向我喊道。

我没有站住，而是向车库走去。阿利别克赶上我，揪着我的肩膀。

"嘿，见鬼！你知道吗？终于证明了。做好准备，伊利亚斯！来给我们当助手好吗？我们就要试车了！挂拖车！"

我恼了,心想:你是想来救我吧？带我这个不成才的朋友去拉拖车？当助手哩！我把他的手从我肩膀上拉下来,说：

"你去拉你的拖车吧……"

"你厉害什么？自己错了嘛……对了,有件事我可忘了告诉你。瓦洛奇卡·谢里亚耶夫告诉你没有？"

"没有,我没有看见他。什么事？"

"什么事！你到哪儿去了？阿谢丽在路上等你,向我们问起你。她在难过呢,而你……"

我的两腿一下子发软了。我心里是这样沉重,这样腻烦得难以忍受,简直想立刻死去。而阿利别克却抓住我的袖子,一个劲地向我解释在拖车上要安装什么零件……江泰站在一边,用心听着我们的对话。

"走开！"我扯回衣袖,"什么鬼让你来缠我？够啦！我不需要什么拖车了,我不想当什么助手……明白了吗？"

阿利别克皱了皱眉头,手里玩弄着几个小卵石,说：

"你自己开的头,出了错,就想第一个溜走？是这样吗？"

"你爱怎么想就怎么想吧！"

我走到车前,两手发抖,脑子里空空荡荡的,什么也没有了。不知为什么我跳进修汽车的地坑里,把头贴到砖块上,让它冷静下来。

"听我说,伊利亚斯！"有人在我上面轻轻说道。

我抬头一看,又是什么家伙？江泰戴着狐皮帽,坐在地坑沿上,像从地里长出来的一株蘑菇。他眯着一双狡猾的眼睛看着我。

"你把他训得对,伊利亚斯!"

"训谁?"

"阿利别克呗,积极分子!给他当头一棒……一下子就哑了,革新家!"

"这关你什么事?"

"什么事,你自己也知道,对我们司机来说,挂拖车没有油水。我们知道这会有怎样的后果:提高工作定额,缩短行车路程,大家都得拼命干,而每一公里运载货物的工资却要降低,让他妈的什么鬼来掏咱们的腰包。表扬你一天,以后又怎样?我们并不怪你,你这么做是好的……"

"我们指谁?"我尽可能平静地问,"所谓我们,就是你吧?"

"不止我一人。"江泰眨了眨眼说。

"撒谎,卑鄙的家伙!我偏要挂拖车给你看……豁出这条命我也要做到。现在你滚开吧!以后再来收拾你!"

"好吧,你别太过分了!"江泰愤愤地说,"我知道你是干净人……想想看吧!关于乱搞女人的事……"

"你这个家伙!……"我发狂地大叫了一声,用尽全力把他的下颚往后一推。

他原本坐在地坑沿上,一下子被我推了个四脚朝天。狐皮小帽滚到地上。我从地坑里爬起来,向他扑去。但江泰已经站起来,闪到一边,杀猪般地吼叫起来,吼得整个院子都听到了。

"流氓!强盗!想打架吗?有办法管束你!违法乱

纪,想逞凶! ……"

人们从四处围拢来。阿利别克也跑过来。

"什么事?你为什么跟他吵?"

"为了真理!"江泰大嚷大叫起来,"我直截了当地对他讲了真理! ……他偷了拖车,把它扔到山里,损害了我们的事业。要在别人,早就诚实地纠正自己的错误了,而他却想打人!现在他觉得划不来了,失去了荣誉……"

阿利别克走到我跟前,气得说不出话来:

"下流的家伙!"他往我胸口一推,"自己冒冒失失干了错事,还想找人报仇出气!没关系,没有你我们照样干。咱们不要英雄! ……"

我一言不发,也没有什么好讲的。江泰的无耻的谎话使我气得发抖,以致一个字也说不出来。同志们皱着眉头看着我。

跑!从这里跑掉……我跳上车子,立刻离开汽车场,疾驰而去。

路上我喝得酩酊大醉。我走进沿路一家小铺,但没有喝够。以后又停下来,喝了满满一大杯。然后开足马力飞奔而去。只见桥梁、路标和过往的汽车从我面前闪电般掠过。我有点高兴起来。"嘿!"我想,"滚他妈的蛋吧!你还有什么不知足的,叫你开车就开车吧。而卡基佳……她哪点比别人差?年轻,漂亮。她爱你,爱得要命,她准备为你献出一切……你真是个笨蛋!"

傍晚,我回到家里。我站在门边,摇摇晃晃。短皮大衣挂在一只肩膀上。我有时喜欢把右胳膊的袖子脱掉,这样能更方便地掌握驾驶盘。这是从童年扔石头时起就养成的习惯。

阿谢丽扑到我的身上。

"伊利亚斯,你怎么啦?"后来,她大约看出这是怎么回事,便叫起来,"嘿!你站在这儿干什么?累了?冻坏了?把衣服脱了吧!"

她想帮我脱衣服,我一言不发地把她推开。我想用粗暴来掩饰自己的羞愧。我在房里踱来踱去,差点绊了一跤,一个什么东西砰的一声打翻了。我沉重地坐到椅子上。

"发生了什么事吗,伊利亚斯?"阿谢丽不安地望着我的一双醉眼。

"怎么,你难道不知道?"我垂下头,心想:最好不看她。我坐着,等待阿谢丽的责备、埋怨和咒骂。我准备听一切难听的话而不替自己辩解。但她默不作声,好像根本不在室内一般。我小心翼翼地抬起头来。阿谢丽站在窗子旁边,背向着我。虽然我没有看到她的脸,但我知道她在哭泣。一股强烈的怜惜之情袭上我的心头。

"听我说,我想告诉你,阿谢丽,"我犹豫不决地开口说,"我想告诉你……"但我又沉默了。我没有勇气向她承认。不,我不能够给她这样的打击。我怜惜她,不应该告诉她……我接着说:"看来,眼下我们不能到村子去看望你的家人了,"我转变了话题,接着说,"过些时候再去吧。现在顾不上……"

"以后再去吧,不必着急……"阿谢丽回答说。她拭去眼上的泪珠,走到我跟前,"你现在别想这个,伊利亚斯。

一切都会好的。你最好想想自己吧。你成了多么古怪的人啦。我不认识你了,伊利亚斯!……"

"好啦,"我打断她的话,对自己垂头丧气的表情感到激怒,"累啦,想睡觉。"

一天以后,在回汽车场的路上,在山口那边,我碰到阿利别克。他挂着拖车。多伦山口被战胜了。

看到我,阿利别克没有等车停住就跳下车来,挥动着手。我降低了速度。阿利别克兴高采烈、喜气洋洋地站在路上。

"你好,伊利亚斯!下来抽支烟。"他叫道。

我刹住车。在阿利别克车上的驾驶室里,坐着一个年轻小伙子,是他在开车。他是第二司机。车轮上面缠着铁链条,拖车上装有空气压缩式刹车。这我一下子就看到了。但我没有停车。不,我不停车。你成功了——好样的!但不准碰我。

"站住,站住!"阿利别克追赶着我,"有事情,停一下,伊利亚斯!嘿,你这个魔鬼,怎么啦?好吧!……"

我拼命加快速度往前跑。管你叫不叫。咱们之间没有什么交道好打了。我的事情早就完蛋了。我做得不对,我失去了阿利别克这个最好的朋友。须知他是对的,各方面都是对的,现在我才懂得了这一点。然而当时我却不能宽恕他,因为他轻而易举地、迅速地做到了我绞尽脑汁、费尽九牛二虎之力都没有做到的事情,这使我感到屈辱。

阿利别克永远是一个深思熟虑、严肃不苟的小伙子。他从不会像我那样冒冒失失地去闯多伦山口。在车上带一个助手也是对的。他们可以轮流驾驶,这样在攀登山口的时候就能够有充沛的精力。过山口时,起决定作用的是马达和人的意志与双手。阿利别克和他的助手把开车的时间缩短了一半。他把一切都考虑到了,在拖车上装了空气压缩式刹车。他没有忘记最普通的链条,给主动车轮缠上链条。总之,他是全副武装地投入夺取山口的战斗的,而不是毫无把握地瞎碰。

继阿利别克之后,别的人也开始挂拖车了。须知任何事情只要有个开头,就好办了。这时又增添了一些车子,是邻近的汽车场支援我们的。一个半星期,天山线路上日日夜夜响彻着隆隆的行车声。一句话,不管多么困难,我们车场的小伙子们按期满足了中国工人的请求,没有丢脸。我也参加了这项工作……

现在,当事情过了许多年,而且早已烟消云散的时候,我能够心平气和地讲述这件事,然而在当时,我却是坐立不安。须知驾驭生活之马并不那么容易啊!……

现在我继续按顺序讲下去吧。

同阿利别克半路相遇之后,我回到汽车场,天已经晚了。我回宿舍去,但半路上又拐到酒铺去了。所有这些天,我都有一种不可抑制的、非人的欲望:喝个酩酊大醉,不省人事,这样就能忘记一切,死睡不醒。我大喝特喝,但烧酒对我几乎已不起作用。从酒铺出来,我更加悲愤激怒和潦倒沮丧。半夜三更,我一人在城里蹀躞,而且不假思索地就向沿湖大街卡基佳的宿舍走去。

事情就这样发展下去了。我在两个火坑之间打转。白天上工,开车子,傍晚立刻到卡基佳的家去。跟她在一起,我觉得舒服些,宁静些,我似乎在逃避自己,逃避别人,逃避真理。我觉得,只有卡基佳了解我和爱我。我尽可能急促地离开自己的家。阿谢丽,啊,我的亲爱的阿谢丽,你不知道,你的信任和纯洁的心灵把我赶出了家门。我不能够欺骗她,我知道,我配不上她,我不配得到她为我所做的一切。好几次我醉得人事不省地回到家里,她甚至没有责备我。直到现在,我还不知道这是为什么:是怜恤,心肠软?或者相反,是坚韧和对人的信任?的确是这样,她在等待我,她信任我,相信我能控制住自己,战胜自己的弱点,恢复到过去那个样子。但是,看来,她如果骂我一大顿,迫使我诚实地讲出真话,那就好了。也许,如果她知道我这样痛苦不仅是因为工作不遂心,而且有其他原因,那么,她会要求我做出回答。她不会想到,这些天来我干了些什么事。而我却怜惜她,总把谈话的日子推到明天,推到下一次。这样一来,我就没有来得及为了她、为了我们的爱情、为了我们的家庭去做我所必须做的事情……

阿谢丽最后一次见到我的时候,显得兴致勃勃、容光焕发。她两颊泛着红晕,眼睛闪射出光芒。不等我脱掉短皮大衣和长筒靴,她就把我拖进屋里。

"瞧,伊利亚斯!萨马特会站起来了!"

"好!他在哪儿?"

"在那儿——在桌子下面!"

"他只是在地板上爬罢了。"

"现在你就会看见!喂,小儿子,给爸爸表演看,看你怎么站起来！喂，出来，出来，萨马特！"

萨马特似乎懂得了要求他做什么。他愉快地连手带脚在地板上摇摇晃晃地爬着，从桌子下面爬出来，抓住床沿，好不容易站起身来。他站着，勇敢地微笑着，摇晃着两只小腿，带着同样勇敢的笑容跌到地板上。我跑上去，两手把他抱起来，搂到怀里，嗅着他身上那股娇嫩的婴儿的乳香。呵！这香味是多么亲切啊！就跟阿谢丽身上发出的香味一样使人感到亲切！

"你别把他压坏了，伊利亚斯！小心点！"她把孩子抢过去，"好啦，还有什么说的？把衣服脱下吧。再过不久，他就会变成大孩子了，那时，我这个妈妈也可以去工作了。一切都会安排妥当，一切都会好起来，是这样吗，儿子？而你！……"阿谢丽投给我微笑的、辛酸的一瞥。我坐到椅子上。我懂得了，在这短短的两个字里，包含了她所想说的一切，包含了这些日子来她心灵中积压着的一切。这既是请求，又是责备，也是希望。我应该现在就把一切告诉她，或者立刻走掉。最好是走掉，因为她正沉浸在幸福中，什么也没有怀疑。我从椅子上站起来：

"我要走了。"

"上哪儿去？"阿谢丽猝然一惊，"你连今天也不在家多待一会儿吗？哪怕喝完茶走也好。"

"不行，我得走，"我喃喃地说，"你自己知道，现在我们工作多忙……"

不，不是工作把我从家里带走了。我应该第二天早上才出车。

爬进汽车,我沉重地倒在坐椅上,发出痛苦的呻吟,很久很久,我都没有开动电门。后来,直到后面窗户里的灯火熄灭了,我才开动车子。过了大桥,进入峡谷,我就把车子拐到路边,开进灌木林中,关了车灯。我决定在这里过夜。我取出香烟。火柴盒里只剩下一根火柴了。它燃了一下就熄了。我把火柴盒连同香烟一股脑儿扔出车去,把衣领提起来,缩起脚,歪躺在座椅上。

月亮悬挂在凄凉的、漆黑的群山上,发出惨淡的寒光。山谷里夜风瑟瑟,吹动了半开着的车门,发出吱吱呀呀的响声。我从来没有这样痛切地感到过孤独,感到自己脱离了人群,脱离了家庭和汽车场的同志。不能再这样生活下去了。我发出誓言,一回汽车场,立刻去向卡基佳解释,请求她原谅并忘记我们间过去的一切。这样做才是诚实和正确的。

但是,生活却做出了另外的安排。我没有期待过、没有预料到会发生这样的事情。一天过后,早上我回到转运站。家里一个人也没有,门开着。起初我还以为阿谢丽不过是上哪儿打柴或取水去了。我环顾四周,屋里乱糟糟的。炉灶黑洞洞的。没有生火,一股阴森的寒气从灶里向我袭来。我走到萨马特床前——小床是空的。

"阿谢丽!"我恐怖地叫道,"阿谢丽!"墙上响起了回声。

我急忙跑到门口:

"阿谢丽!"

没有任何人回答。我跑到邻居家里,跑到加油站,谁也不知道底细。有人说,昨天她整天不在家,不知跑到哪儿去了,她把孩子托给熟人照料,直到晚上才回来。"她走了,她知道了!"我打了个寒颤,恐怖地猜想着。

过去我从未像在这个不幸的日子里这样不顾死活地开着汽车,奔驰在天山的悬崖峭壁之间。我一直以为,我能够在某个转弯的地方,在某个山谷里,或者在某段路上赶上她。像一只大雕,我追赶上了前面的一辆又一辆的车子。我刹住车,同前面的车子并排走着,朝车子的驾驶室和车厢里张望,然后越车急驰而去,惹得后面的司机破口大骂。这样,我一口气奔跑了三小时,直到散热器里的水都沸腾了。我跳下车,把雪粉撒在散热器上,换了水。散热器冒出热气,车子发出喘息,像一匹被追赶得喘不过气来的马。我刚准备开车,看见阿利别克的挂着拖车的汽车迎面驶来。我高兴了。虽然我们好久就互不说话,互不打招呼了,但是,如果阿谢丽在他家里,他是会告诉我的。我跑到路上,举起手喊道:

"停一停,阿利别克!站住!"

开车的助理司机用疑问的眼光看了看阿利别克。阿利别克皱着眉头,把脸扭到一边。车子对直开过去了。我站在路当中,满身溅着雪泥,还久久地举着一只手。后来我拭去脸上的雪水。没关系,以怨报怨。但我当时没有心思来想这份屈辱。这么看来,阿谢丽不在他们家里。这更糟糕。她也许回村子找自己的双亲去了?因为她别无去处了。她将怎样跨进双亲的家门呢?她能说什么?孤零零的一个人,还抱着一个婴孩。

应该赶快到村里去找她。

我急忙卸完货，把车子停到街上，跑到调度室交行车证。在过道上我碰到江泰，他露出一脸令人憎恨的、卑鄙的嘲笑神情。

我探身到调度室的小窗户，把行车证掷到桌子上，卡基佳奇怪地望着我。

她的眼睛流露出某种恐怖的和歉疚的神情。

"快收下吧！"我说。

"发生了什么事情吗？"

"阿谢丽没有了，她走了！"

"你怎么啦？"卡基佳脸色苍白，从桌子旁边站起来，咬紧嘴唇，喃喃说道，"原谅我，原谅我，伊利亚斯！是我，我……"

"什么我？讲明白点，全讲出来！"我奔向门口。

"我自己也不知道这一切是怎么发生的。我对你说实话，伊利亚斯！昨天警卫班长来敲我的窗户，说一个姑娘想见我。我一下就认出她是阿谢丽。她默默地打量了我一下，问道：'这是真的吗？'而我已经忘了自己，突然说道：'是的，这是真的。全是真的。他跟我在一起！'她转身离开窗子，我却倒在桌子上，大哭起来，像傻子似的重复地嚷叫道：'他是我的！我的！'以后再没有看见她……原谅我吧！"

"等一等，她是怎么知道的？"

"江泰告诉她的。是他，他还威胁过我呢。难道你还不知道这个下流坯吗？你去找她吧，伊利亚斯，我再不妨碍你们了,我到别处去……"

我驾着汽车奔驰在寒冬的草原上。大地是一片灰蓝色,死气沉沉的。寒风卷起积雪,吹动着渠沟里无家可归的野草。远处村庄的久经风吹雨打的土院墙和光秃秃的园林,已经隐约可见。

傍晚,我来到村子。我在熟悉的院子外面停下车,迅速地点上烟,以便赶走恐惧,然后我扔掉烟头,按喇叭。但阿谢丽没有出来,她的母亲出来了,肩上披着皮袄。我走上前轻声说:

"你好,岳母!"

"呀!是你来了?"她恶狠狠地说,"在发生这一切事情过后,你还敢叫我岳母?快滚开,我不想见你!无赖汉!骗子手!勾引了我心爱的女儿,现在滚来啦!不知羞耻!我们的全部生活都叫你给毁了!……"

老太婆没有让我开口,一直骂个不停,骂出了一些最难听的话。听到她的骂声,邻近的人们和小孩都围拢过来。

"快给我滚开,要不我叫人来了!你这个该死的!但愿这一辈子再也看不到你!"这个怒气冲天的老婆子逼到我的跟前,把皮袄扔到地上。

我别无他法,只好上车走路。既然阿谢丽甚至连见也不愿见我一面,我应该离开。小孩子们向我的汽车投掷石头和木棍,他们是在赶我出村子……

这天夜里,我久久地徘徊在伊塞克湖边。湖水汹涌,月色迷茫。啊!伊塞克湖!你这永远热情奔放、豪迈不羁的湖泊啊!今天夜里你却这样凄凉阴沉、冷酷无情!我坐在一只翻过来的小船上。愤怒的浪涛冲击着沙滩,打在我的长筒皮靴上,然后带着沉重的叹息,缩卷了回去……

……一个人走到我跟前,小心翼翼地把手搭在我的肩膀上。这是卡基佳。

几天以后,我们来到了伏龙芝,在开垦阿纳尔汉草原牧场的勘查队里找到了工作。我当司机,卡基佳当工人。新的生活就这样开始了。

我们随着勘查队深入到阿纳尔汉草原的边远地方,一直到普里巴尔哈什地区。既然和过去决裂,那就永远地决裂吧!

最初一段时间,我用工作压抑着忧愁。那里的事情可真不少。在三年多的时间内,我们走遍了辽阔的阿纳尔汉草原,钻了很多口井,铺设了道路,建立了转运站。总之,现在这已经不是过去那个白天就可以使人迷路、整月都走不到边、岗峦起伏、艾草丛生的荒凉的阿纳尔汉了。现在,这里是畜牧工作者居住的地方,有文化中心和设备良好的房屋……人们种了粮食,甚至还储备了干草。阿纳尔汉草原上的工作直到现在还是多得数不胜数的,这对我们司机兄弟来说,就更是如此。但是,我却回来了。这倒不是因为在那荒无人烟的地方难于生活,那不过是暂时的事情。我和卡基佳都不怕困难,而且,应该说,我们生活得并不坏,互相尊敬。可是,尊敬是一回事,爱情又是一回事啊!我认为,甚至一个人很爱对方,而对方却不爱他,这也不是真正的生活。也许人生来就是如此,也许我的性格就是这样,我经常感到缺少一些什么。工作、友谊、爱我的女人的情意和关怀,都补偿不了这一点。我早就暗自后悔了,当时真不该那么轻率地出走,应该再次去把阿谢丽找回来。最近半年,老实说,我很想念阿谢丽和儿子。整夜整夜地睡不着觉。我觉得萨马特在我面前微笑,两条小腿摇摇晃晃地站在那里。我仿佛已把他那娇嫩的婴儿的乳香吸入心肺,终生难忘了。我很怀恋亲爱的天山,怀恋我那蔚蓝色的伊塞克湖和那山麓的草原,在那里,我遇见了我的最初的、也是最后的爱人。卡基佳知道我的心事,但她没有怪罪我。我们终于明白了:我们两个人不能一起生活。

阿纳尔汉的春天来得很早。雪很快就融化了,山冈上冰雪消融,换上了绿装。草原苏醒了,散发出温暖和湿润的气息。夜晚,空气清爽,天空布满了星斗。

我们躺在井架旁的帐篷里,睡不着觉。突然,不知从远处什么地方传来了隐约可闻的火车的鸣叫声,它划破了草原的寂静。很难说这种声音是怎样传来的。从我们这里到有铁路的地方,要在草原上走半天。也许这是我的错觉,我不知道究竟怎样。但是,我的心却为之一震,它在催促我离开这里。于是我说:

"我要走了,卡基佳。"

"是的,伊利亚斯,我们应该分手了。"她回答说。

于是我们就分开了。卡基佳到北哈萨克斯坦的荒地去了。

我真切地希望她能幸福。我相信她一定会找到那个无意中也正在找她的人。她和第一个丈夫过得很不好,和我在一起也没有享受到真正的生活。如果我不懂得什么是真正的爱情，不懂得怎样爱人和被人爱，那我也可能就和她一起过下去了。要知道，这种事情是难以解释的。

我把卡基佳送到车站，送进车厢。我跟着火车往前跑，一直到车子开走了为止。"祝你一路平安，卡基佳，如果我有什么地方对不起你，请你原谅吧！……"我最后一次向她说道。

阿纳尔汉上空的雁群向南飞去，而我却向北、向天山驰去……

到了天山，我什么地方都没有停留，立即就到乡下去了。我坐在一辆顺路的汽车上，尽力使自己什么都不想——我感到害怕和高兴。我们奔驰在山麓的草原上，奔驰在我和阿谢丽相遇的那条道路上。但是，这已经不是那条乡间土道了，而是一条用砂子铺成的大路，上面筑有混凝土的桥，并带有路标。我甚至为过去那条草原之路的消失而惋惜。我已经认不出通过沟渠的那条小路了，当年我的汽车曾在那里抛过锚，我也没有找到阿谢丽曾经坐过的那块大圆石头。

车子还没到村口，我就敲起驾驶室的玻璃来了。

"什么事？"司机探过头来问。

"停车，我要下去。"

"到野地里去？我们马上就到村子了。"

"谢谢！已经不远了。"我从车上跳了下来，"我走着去。"说着，我把钱递给他。

"你留下吧!"他说,"我不要自己人的钱。"

"拿着吧,额头上又没写着是自己人。"

"从你的派头上可以看出来。"

"好吧,既然如此。祝你健康!"

汽车开走了。而我还是站在路上,下不了决心。背着风点燃了一支烟。手指头颤动着把烟放到嘴里。深深地吸了几口烟,然后把烟头踏灭,往前走去。"到底是来了!"我低声含糊地说道。心跳得很厉害,似乎耳朵里在叮当作响,好像有谁用锤子敲打着脑袋。

村子里发生了显著的变化,地方扩大了,出现了很多石板瓦屋顶的新房子。沿街都安上了电线,集体农庄管理委员会旁边柱子上的喇叭在广播。孩子们向学校走去。大孩子成群结队地同年轻教师一起走着,边走边谈论着什么。也许,其中也有那些当年曾往我身上扔石头和木棍的人吧……真是光阴似箭,日月如梭啊!

我急促地走着。前面就是那个栽着柳树、围着土院墙的小院了。我停下来,喘了喘气。由于害怕和恐惧,我感到身上发冷,犹豫不决地向小门走去。敲了敲门。跑出来一个手里拿着书包的小姑娘。就是那个曾向我伸舌头的小姑娘,现在已经在念书了。她急着要上学去,莫名其妙地看了看我,说:

"谁都不在家!"

"谁都不在?"

"是的。妈妈到林场作客去了。爸爸给拖拉机送水去了。"

"那么,阿谢丽在哪儿呢?"我胆怯地问道,觉得嘴里一下子干了似的。

"阿谢丽?"小女孩吃惊地问道,"阿谢丽早就走了……"

"再也没有回来过吗?"

"每年都和姐夫一起回来。妈妈说,姐夫是个非常好的人!……"

我没有再问下去。小女孩跑着上学去了,我只好往回走。

这个消息好像晴天霹雳,惊得我目瞪口呆,以致阿谢丽什么时候出嫁的、嫁给了谁、到哪儿去了,这一切对我来说反正都一样了。为什么要知道这些呢?不知为什么,我从来不曾想过阿谢丽还会找另一个人。要知道这是应该发生的事情。难道这些年来她就应该坐在那里等我吗?!

我没有等到顺路的汽车,只好沿着大路走去。

是的,我走的这条路已经变了——变成了一条用坚硬的砂石筑成的路。只有草原以及那暗黑色的秋耕地和灰白色的留茬地还同过去一样。草原从群山脚下向地平线上伸展开来,形成了一个辽阔的慢慢向下倾斜的地带,而伊塞克湖的漫长的堤岸就好像为它嵌上了一条亮晶晶的玉带。雪后的大地光秃秃的、湿漉漉的。有的地方已经可以听到拖拉机在开始春耕了。

夜晚,我好不容易地到了区中心。第二天早晨,我就拿定了主意:仍然回汽车场去。过去的一切已经结束了,一去不复返了。但是,还应该生活和工作。以后会怎么样?谁知道呢……

天山运输线仍然像往常一样发出喧嚣的声音。汽车络绎不绝,而我在寻找自己汽车场的车。终于我举起了手。

汽车疾驰而过,然后来了个急刹车。我提起手提包,司机从驾驶室里走出来。定睛一看,原来是同我在一个团里待过的艾尔梅克。他在军队里曾跟着我实习过。那时他还是个小青年。艾尔梅克不知为什么犹豫地笑了笑,默默地站在那里。

"不认识了吗?"

"中士……伊利亚斯!伊利亚斯·阿雷巴耶夫!"他终于想起来了。

"正是!"我微笑着说,可是心里却感到沉痛:人们很难认出我来,这说明我变得太多了。

车开了,我们就聊起天来,说东道西,也回想起服兵役时的情景。我一直在担心:他可不要问起关于我的生活的事。但是,看来艾尔梅克什么也不知道。于是我放心了。

"什么时候回家的?"

"我已经工作两年了。"

"阿利别克·章图林在哪儿呢?"

"不知道。我没有遇见过他。听说他在帕米尔高原的某个汽车场里作总技师……"

"好样的,阿利别克!好样的,我的朋友!你真是个好手!"我心里感到很高兴。由此可见,阿利别克终于达到了自己的目的。在军队的时候,他就在公路工程学校函授学习过,他还准备用函授的方式学完专科。

"场长还是阿曼若诺夫吗?"

"不是,是个新来的。阿曼若诺夫已经调到部里去了。"

"你想,能接受我做工作吗?"

"为什么不能,当然能接受你。你是第一流的司机,要知道,在军队的时候,你就是把好手。"

"曾经是这样!"我低声含糊地说,"你认识江泰吗?"

"我们这里没有这个人。从来都没有听说过。"

"是的,汽车场里的变化不小啊……"我想,接着又问:

"带着拖车过山口的情况怎么样了?"

"很平常,"艾尔梅克简单地回答说,"这要看载重如何。只要安个刹车装置,就能拖走。现在汽车的拉力很强。"

他不了解这拖车对我来说意味着什么。

总之,我又回到了自己的亲爱的汽车场。艾尔梅克请我到他家做客,为了我们的相会,他举杯劝酒。但是,我拒绝了,我已经好久不喝酒了。

汽车场里的人们也都欢迎我。我非常感谢那些熟识的同志,他们并没有用各种各样的问题来烦扰我。他们认为一个人东奔西跑一阵,现在能够回来,认真地工作,这就很好了。干吗要用过去的事来打搅他呢?我自己也尽力忘记过去的一切,一下子彻底地忘记。当我路过当年曾经住过的转运站时,我总是疾驰而过,绝不左顾右盼,甚至到了加油站都不加油。可是,这一切都无济于事,我不能欺骗自己。

我已经工作很长一段时间了,工作已经习惯,汽车的脾气也摸熟了。马达经受住了各种速度和爬各种山坡的考验。简单地说,我已经熟悉了自己的工作……

有一天,我从中国开车回来,心情很平静,什么也没有想。我驾驶着汽车,环顾四周。原野里春光明媚,景物宜人。远处架起了帐篷:牧民来到了这春天的牧场上。灰蓝色的炊烟在帐篷上空缭绕。微风送来了马群的不安的嘶叫声。群羊在路边漫步。这一切使我想起了自己的童年,引起了我内心无限的怅惘和感伤……当车子开近湖边时,我突然不寒而栗——啊,天鹅!

一生中这是我第二次看到伊塞克湖上的天鹅。在蔚蓝色的伊塞克湖上盘旋着白色的鸟儿。我自己也不知道为什么,从路上急剧地转过车来,同上次一样,把车一直开向湖边。

伊塞克湖,伊塞克湖——我的没唱完的歌!……为什么我想起了那一天?那时,就在这个小山丘上,我和阿谢丽站在一起,俯视着伊塞克湖。是的,景物依然:蓝白色的波浪仿佛手牵着手,排成一行行一列列,向着黄色的堤岸冲击。太阳落山了,远处的水面泛出玫瑰色。天鹅欢腾地、惊慌地喧叫着飞翔。它们时而向上飞升,时而伸展着仿佛嗡嗡作响的双翅,向下滑翔,拍打着水面,追逐着一圈圈浪花。是的,景物依然如故。只是阿谢丽没有和我在一起了。你现在在哪儿呢,我的包着红头巾的小白杨啊?

我久久地站在岸上。然后回到汽车场,由于支持不住,就跌倒了……我又跑到那间酒馆去喝酒消愁。从酒馆出来,已经很晚了。天黑黝黝的,布满乌云。峡谷里的风好像从管子里吹出来似的,狂暴地把树木吹得东摇西摆,吹得电线沙沙作响,吹在脸上,犹如石子打的一般。湖水在啸叫,在呻吟。我好不容易走到宿舍,顾不得脱衣服,就一头倒在床上。

第二天早晨,头已经抬不起来了,痛得快裂开了。窗外下着令人讨厌的雨,还夹杂着雪花。我躺了三个小时左右,不想去上班。这还是平生第一次——甚至工作都没有乐趣了。可是后来我感到很羞愧,还是起来去上班了。

汽车无精打采地向前走着,确切些说,是我无精打采地开动着汽车,而天气又很糟。迎面开来的汽车上落满了白雪;看来是山口下雪了。这对我有什么关系呢,就让它狂风大作,雨雪纷飞,这又算得了什么,我没有什么可怕的,大不了一死……

我的情绪很坏。看了看车上挂的镜子,心里真是厌烦死了:满脸胡须,面孔浮肿,疲惫不堪,像是大病初愈似的。在路上能吃点什么东西就好了,从早晨到现在我还水米未沾呢。但是我又不想吃什么,只想喝酒。人们都知道,只要纵容自己一次,以后就难以控制了。我在一个小铺前面停了下来。一杯酒下肚,我振奋起来,恢复了知觉。车子走起来也轻快了。后来在路上又喝了四两酒。之后,又喝了一些酒。道路在奔驰,雨刷子在眼前左右摆动。我稍微俯下身子,用牙齿咬着烟卷,只见迎面的汽车飞驰而过,把路上的泥水溅到我车子的玻璃上。我也加快了速度,因为天已经晚了。我到山里时已经是黑夜了,四周静悄悄的、黑漆漆的。这时酒性发作了,热得我瘫软无力。我开始感到疲倦,眼前金星迸发。驾驶室里闷气逼人,十分难受。我还从来没有这样大醉过。一时汗流满面。我觉得我似乎不是坐在车上,而是在车灯射出的两条向前奔跑的光线上翻腾。随着这两条光线,我一会儿落到深深的、被车灯照得通亮的山谷里,一会儿又跟着这两道颤动的、在峭壁上滑动的光柱升了上来,一会儿又追赶着这两条光线在弯弯曲曲的道路上爬行。我的力量已经越来越小了,但是我并没有把车停下,我知道,只要我的手一离开驾驶盘,我就驾驶不住汽车了。我到了哪里,我记不清楚了,大概是在山口的一个地方。唉!多伦山口,多伦山口,你这天山的屏障!连你也变得如此艰险难行了!尤其是在夜里,尤其是对于我这个醉酒的司机!

汽车使劲地爬上了一个坡,就向山脚冲去。黑夜在眼前旋转翻滚。两只手已经不听使唤了。汽车还在加快速度,沿着道路向下飞驰。然后,只听得一声碰撞的闷响声,车子的前灯闪烁一下,接着眼前一片漆黑。我的内心深处闪现出一个念头:"出事了!"

我这样躺了多久,已经记不得了。只是突然地,我的好像塞着棉花的耳朵似乎从很远的地方听见一个人的声音:"喂,给我照一下亮!"一个人用手抚摸我的脑袋、肩膀和胸部,"还活着,只是喝醉了。"他说道。另一个人回答说:"应该把路给腾出来。"

"喂,朋友,试试看稍微移动一下,我们好把汽车挪开。"他用双手轻轻地推了推我的肩膀。

我呻吟起来,吃力地抬起了头。额头上的血顺着脸流了下来。胸部好像有点什么东西妨碍我直起腰来。这个人点燃了一根火柴,看了看我。然后又点了一根,再看了看我,好像他不相信自己的眼睛似的……

"你这是怎么回事,朋友？怎么搞的,啊？"他在黑暗中伤心地说。

"汽车……摔得很厉害吗？"我吐了一口血,问道。

"不,不很厉害。只是把路给挡住了。"

"喂,那么现在我就把车开走,请你们放我走！"我用不听话的、颤抖的手试图打开电门,去按发动器。

"等一等！"他用力地抱住了我,"不要再胡闹了。爬出来吧！在这里住一夜,明天早晨看来就可以……"

他们把我从驾驶室里拉了出来。

"克梅里,把汽车推到路边去,我们在那里把它卸开！"

他把我的手搭在他的肩上,然后扶着我,摸黑向一个地方走去。我们走了很久,来到一个院子里。他扶着我,走进屋子。前面的屋子里点了一盏煤油灯。他让我坐在凳子上,就来给我脱大衣。这时我看了看他,于是我记起来了。这个人就是养路工巴伊切米尔,就是以前在山口和我一起用汽车挂拖车的那个人。我感到惭愧,但终究还是很高兴,我正想请他原谅,向他道谢。忽然屋子里响起劈柴落地的噼啪声,我转过身去一看,然后缓慢地、吃力地从凳子上站了起来,在我肩上仿佛压上了千斤重担:在门口,在散落的劈柴旁边,站着阿谢丽。她愣怔怔的,直挺挺的,像一个死人似的看着我。

"这是怎么啦?"她轻声地嘟囔说。

我差一点没有喊出"阿谢丽!"但是,她那疏远的、拒人千里的目光使我说不出一句话来。我满面愧色地低下了头。屋子里瞬息间鸦雀无声。若不是巴伊切米尔,我真不知道该怎样结束这种局面。他好像什么也没察觉似的,又让我坐在凳子上。

"没什么,阿谢丽。"他安静地说,"司机撞伤了一点,要好好休息一下……你最好能把碘酒给我拿来。"

"碘酒?"她的声音变得柔和了,有些惶恐,"碘酒让邻居拿去了……我现在就去取!"她好像忽然想起了什么似的,说完就跑出门去。

我一动不动地咬着嘴唇坐在那里。刹那间,脑袋里的醉意已经驱散,人清醒了。只是太阳穴里的血管在怦怦地跳动。

"首先应该洗一洗。"巴伊切米尔说道,仔细地看了看我额头上的伤口。他拿起水桶出去了。从隔壁房间里出来一个五岁左右的、赤着脚、穿着一件衬衫的小男孩。他用那双大大的、好奇的眼睛看着我。我立即认出了他。我不知道我是怎样认出他的,但是,我认出了他,我的心认出了他。

"萨马特!"我压低了声音喊道,就向儿子探过身去。这时,巴伊切米尔却在门口出现了,不知为什么我倒着了慌。他大概听见我叫儿子的名字了。我非常难为情,就好像自己做贼被人抓住似的。为了摆脱窘境,我忽然用手捂住眼睛上面的伤口问道:

"这是你的儿子吗?"为什么我要这么问呢?直到现在

89

我都不能原谅我自己。

"我的儿子!"巴伊切米尔像主人似的坚定地回答说。他把水桶放在地板上,就把萨马特抱起来:"我的儿子,当然是我的亲儿子,是不是,萨马特?"他说着吻了吻孩子,并用胡须扎他的脖子。在巴伊切米尔的声音和举止中,没有一点虚假的地方。"你为什么不睡觉呢?你呀你,我的小马驹,你什么都想知道,好吧,现在到被窝里去吧!"

"妈妈上哪儿去了?"萨马特问道。

"马上就来。那不就是妈妈吗!你去吧,儿子。"

阿谢丽跑进屋来,她默默地、用戒备的目光迅速地扫了我们一眼,把装着碘酒的小瓶递给巴伊切米尔,就领着孩子睡觉去了。

巴伊切米尔把毛巾弄湿了,擦去我脸上的血。

"你忍耐一点!"他把碘酒涂在我的伤口上,开玩笑说,接着又严厉地说,"你闯下这样的祸事,本该狠狠地给你涂上些碘酒,但是,因为你在我们这里是客人,就算了吧……喂,已经弄好了,很快就会愈合的。阿谢丽,给我们拿点茶来!"

"马上就来!"

巴伊切米尔把棉被铺在毡子上,还放了一个枕头。

"到这里来坐吧,稍稍休息一下。"他说。

"没什么,谢谢你!"我嘟囔着说。

"坐吧,坐吧,就像在自己家一样。"巴伊切米尔坚持地说。

我做这一切,宛如在梦中一样。这颗心好像被谁给压在胸腔里似的。我的五脏六腑剧烈地翻腾着,又是恐惧,又是期待。哎,为什么我的妈偏要把我生在这个世界上呢!

阿谢丽出去了,她尽量不看我们,拿起茶炊就到院子里去了。

"我来帮助你,阿谢丽。"巴伊切米尔跟在她后面说。没等他出去,萨马特又跑来了。他根本就不想睡觉。

"你要做什么,萨马特?"巴伊切米尔摇着头关切地问。

"叔叔,你是直接从电影上走出来的吧?"儿子跑到我跟前,认真地问。

我懂得了他的意思,而巴伊切米尔却哈哈大笑起来。

"哈,你呀,我的小傻瓜!"巴伊切米尔笑着蹲在孩子旁边,回过头来对我说,"真是笑死人了……我们曾到矿上看过电影,他也和我们一块儿去了……"

"是的,我是从电影上走出来的!"我凑趣地说。

可是,萨马特却皱起了眉头。

"你说假话!"他说。

"为什么是假话呢?"

"那你打仗用的军刀在哪儿呢?"

"放在家里了……"

"你能给我看看吗?明天行吗?"

"可以给你看。喂,你到这儿来。你叫什么名字,是叫萨马特吗?"

"是叫萨马特。叔叔你叫什么呢?"

"我……"我沉默了,"我叫伊利亚斯叔叔。"我费力地说出这几个字。

"萨马特,你去睡觉吧,已经很晚了!"巴伊切米尔插进来说。

"爸爸,我可以再待一会儿吗?"萨马特要求说。

"好吧!"巴伊切米尔同意了,"我去把茶拿来。"

萨马特走到我的身边。我抚摸着他的手:他长得像我,非常像。甚至他的手以及他笑的样子都很像我。

"你长大了要当什么呢?"我问道,以便和儿子能说起话来。

"当司机。"

"你喜欢坐汽车吗?"

"非常非常喜欢……可是,当我举起手来,谁也不让我上汽车……"

"那我明天来带你去坐。你愿意吗?"

"愿意。我把我的骰子送给你!"他跑到屋子里去拿骰子。

窗外,茶炊的烟筒里喷出了火苗。阿谢丽和巴伊切米尔在说什么。

萨马特拿来了装着骰子的野羊皮口袋。

"叔叔,你挑吧!"他把他这些花花绿绿的财产都倒在我的面前。

我本想拿一个骰子留作纪念,可是,我没敢。门开了,巴伊切米尔拿着烧沸的茶炊走了进来。阿谢丽跟在他的后面。她开始泡茶。巴伊切米尔把一个矮腿圆桌摆在毡子上,上面铺了一张桌布。我和萨马特把骰子收起来,又放到口袋里。

"又把你的财产给人看了,啊,你这个吹牛大王!"巴伊切米尔亲热地抚摸着萨马特的耳朵。

一分钟以后,我们大家就都围着茶炊坐下了。我和阿谢丽都装出从不相识的样子。我们都尽量沉着一些,也许正因为如此,所以都很少讲话。萨马特坐在巴伊切米尔的双膝上,偎依着他,左右晃动着小脑袋。

"嘿,爸爸,你的胡子总扎人!"说着,他自己却爬着把脸蛋挨到胡子上去。

和儿子坐在一起,既不能叫他,还要听着他管别人叫爸爸,这多么叫人难堪啊!阿谢丽,我的亲爱的阿谢丽,现在和我坐在一起,可是我却没有权利直视她的眼睛,这多么叫人伤心啊!她是怎样到这儿来的?是爱上了他就嫁给了他吗?既然她甚至不愿意表现出仿佛认识我的样子,而把我看成是完全不认识的陌生人,那我还能从她那里打听到什么呢?难道她这样恨我吗?巴伊切米尔又怎么想呢?难道他没有猜出我是谁吗?难道他没有看出我和萨马特长得很像吗?为什么他甚至没有想起我们曾在山口遇见过,曾一同拉过汽车?或者他当真忘了?

当我们都躺下睡觉的时候,我心里就更沉重了。他们让我睡在毡子上。我躺下来,面向着墙,灯光惨淡,阿谢丽在收拾茶具。

"阿谢丽!"巴伊切米尔在隔壁的房间里轻声地叫道。

阿谢丽走到他那里去。

"你最好把他的衣服洗一洗。"

她把我那件染满血渍的方格衬衫拿去洗濯。但是,她

93

立刻又放下正在洗的衣服。我听见她走到巴伊切米尔那里去。

"散热器里的水倒了吗?"她轻声问道,"严寒会突然把它冻坏的……"

"倒了,是克梅里倒的!"巴伊切米尔也轻声回答说,"汽车差不多完好无损……明天早晨,我们去帮助他……"

而我却忘了这些,我哪有心思想到散热器和马达呢!

阿谢丽洗完了衬衫,把它挂在炉子上,沉重地叹了一口气。她把灯关掉,就出去了。

屋子里黑洞洞的。我知道,我们三个人都没有睡着,大家各怀心事。巴伊切米尔和儿子睡在一个床上。他嘴里说着亲热的话儿,不时地给萨马特盖被子:萨马特在睡梦中翻来覆去,把被子蹬开了。阿谢丽间或发出低沉的叹息声。在黑暗中我仿佛看见了她那双由于湿润而闪光的眼睛。大概,这双眼睛已经热泪盈眶了。她在想什么?在想谁呢?现在我们已是三个人了……也许,她也和我一样,在回忆过去那些把我们联在一起的美好的和悲哀的事情吧?可是,现在我不可能接近她,她的思想也是不可了解的。这些年来,阿谢丽变了,她的眼睛变了……这已经不是当年那双轻易相信人的、闪烁着纯洁和天真的光芒的眼睛了。这双眼睛变得更有警觉性了。尽管如此,对于我来说,阿谢丽仍然和过去一样,仍然是草原里包着红头巾的小白杨。在她的每一个举动里,我都可以看出我所熟悉的、亲近的东西。我的心因此更加痛苦、难过和难堪。绝望中我用牙咬枕头角,一夜不曾合眼,直到天明。

窗外,月亮在游动的云朵里飘浮,时隐时现。

清早,阿谢丽和巴伊切米尔到院子里去忙家务事,这时我也起床了。应该走了。我轻手轻脚地走到萨马特跟前,吻了吻他,然后迅速从屋子里走了出来。

阿谢丽在用一个架在几块石头上的大锅烧水。巴伊切米尔在劈柴火。我和他一齐向汽车走去。一路上,我们没有说话,都抽着烟。

原来,汽车昨天是撞在路旁的柱子上了。有两根柱子被撞倒了,露出了混凝土的地基。汽车的前灯被撞碎了,挡泥板和车轮的前部被撞弯了,轮子给卡住了。所有这一切我们好歹用铁棍和锤子给修理好了。然后就开始了长时间的、折磨人的工作。马达被冻坏了,发不出声音来。我们用热的麻垫给油箱加好热,两手不停地摇动着摇把。我们两个人肩碰着肩,四只手掌温暖着同一个摇把,我们呼出的气碰到对方的脸上,我们做着同一件事情,也许,我们也在想同一样事情。

马达快发动起来了。我们喘了一口气。这时,阿谢丽提了两桶热水来,一声不响地把桶放在我的面前,就站到一边去了。我把水倒进散热器。我和巴伊切米尔又摇了几下,最后,马达发动了。我坐进驾驶室。马达运转得不均匀、不规律。巴伊切米尔拿着锤子爬到车盖下面去检查发火栓。就在这个时候,萨马特披着一件小大衣,急喘喘地跑来了。他绕着汽车跑来跑去,很想坐汽车玩玩。阿谢丽抓住儿子不放。这时,她已经站在驾驶室旁边了。她用责备的目光看着我,流露出一种痛苦和怜惜的表情,我顿时产生了无比的决心：只要能让我赎罪，我宁愿赴汤蹈火，万死不辞。从开着的小门里我向她探过身去：

"阿谢丽！领着孩子坐进来吧！我带着你们，像过去一样，永远地和你们在一起！坐进来吧！"在马达声的掩盖下，我恳求地说。

阿谢丽什么都没有说，默默地把她那一双满含泪水的眼睛向一边看去，否定地摇了摇头。

"妈妈，坐汽车走吧！"萨马特拉着她的手说，"坐汽车！"

她看也没有看一眼，低着头就走了。萨马特竭力想挣脱她的手，不愿意走。

"修理好了！"巴伊切米尔叫道，砰的一声关上车盖，把工具放进驾驶室里。

于是，我就把车开走了。我又握住驾驶盘，又是道路和群山——汽车载着我奔驰，好像若无其事似的。

就是这样，我在山口找到了阿谢丽和儿子，就是这样，我们见了面又分开了。在开往国境线和回来的路上，我一直在想怎么办，可是，我什么办法也没想出来。这种毫无出路的思考使我疲倦……现在我应该走了，走到天涯海角去，我不应该留在这里。

我下定决心离开这里，怀着这样的想法我回到车场。当我路过山口路段的时候，我看见了萨马特，他和比他大一点的一个小男孩和一个小女孩在一起玩修房子——用石头搭小房子和牲畜圈。也许，以前在路旁我就看见过他们……原来我几乎每天都从自己儿子身边路过，而我甚至没有觉察出这一点。我把车子停了下来。

"萨马特!"我叫道,很想看看他。孩子们都向我跑来。

"叔叔,你来带我们坐车吗?"萨马特跑到我跟前说。

"是的,可以带你们一会儿!"我说。

孩子们亲热地一起爬进了驾驶室。

"这就是我认识的那个叔叔!"萨马特在朋友们面前夸耀说。

我载着他们走了很短一段路,但是,我所体验到的幸福和乐趣,也许比孩子们还多。后来,我让他们下了车。

"现在你们跑着回家吧!"孩子们都跑了。我把儿子留了下来。

"萨马特,你站下,我有话和你说!"我用手把他高高地举到头上,久久地看着儿子的脸,然后把他搂在怀里,吻他,又把他放在地上。

"你的军刀在哪儿呢?带来了吗,叔叔?"萨马特想起了这回事。

"噢,我又忘了,儿子,下次一定给你带来!"我答应了他。

"现在你不会忘了,是吗,叔叔?我们还是在那个老地方玩。"

"好,你现在快点跑回去吧!"

在汽车场的木工室里,我刨好了三把小孩玩的军刀,并把它们带在身边。

孩子们真在等我。我又把他们载上汽车。就这样,我和儿子、和他的同伴们建立起了友谊。他们很快就和我混

97

熟了,从老远的地方就争先恐后地跑过来:

"汽车,我们的汽车来了!"

我复活了,又成了一个人。每当我开车上路,我心里就豁然开朗:怀着一种美好的感情。我知道儿子在路边等我。哪怕只和他在驾驶室里坐两分钟也好。现在,我的全部心思和念头都萦注于一点:怎样准时地赶到儿子身边。我计算着时间,以便路过山口的时候是白天。春天,天气暖洋洋的,孩子们经常在街上玩耍,因此,我常常在路边碰到他们。我觉得,我只是为了这个而活着和工作,只有这个才能使我幸福。但是,有时我心里却充满了恐惧。也许路段上已经知道我带孩子们坐车,也许不知道,但是,他们可能禁止儿子和我相会,不让他到路旁来。我非常害怕,心里祈求阿谢丽和巴伊切米尔不要这样做,希望他们不要剥夺我和儿子的哪怕是这样短暂的相会。但是,这样的事终于发生了……

五一节临近了。我决定送给儿子一个节日的礼物。我买了一辆装有发条的汽车,是一辆小载重汽车。五一节那天,我在汽车场耽搁了一些时间,出来的时候已经晚了,所以很着急。也许,正因为如此,我有某种不祥的预感,心里毫无缘由地感到惶恐不安。当车子走近路段的时候,我把礼物拿出来,放在身边,心里想,萨马特看见了一定很高兴。他有各种各样的玩具,而且都比较好,可是这是一个特殊的玩具——是一个在路上认识的司机送给一个想当司机的小男孩的礼物。但是,这一次在路旁并没有看到萨马特。孩子们都跑来了。只是没有他。我从驾驶室里走出来。

"萨马特在哪儿呢?"

"在家,他病了。"男孩子回答说。

"病了?"

"不,他没病!"女孩子显出了解内情的样子,解释说,"他妈妈不让他到这里来!"

"为什么?"

"不知道。她只是说,不许来。"

我的脸色一下子变了:一切都完了。

"给你拿去吧。"我本想把这包礼物送给小男孩,但是立刻改变了主意,"还是不要给。"我又把礼物拿了回来,垂头丧气地回到汽车里来。

"叔叔为什么不带我们坐汽车呀?"小男孩问他的姐姐。

"叔叔病了。"姐姐皱着眉头回答说。

是的,她猜对了。最坏的一种病压倒了我。一路上我都在想:怎么能发生这样的事呢,阿谢丽对我竟如此残酷。不管我有多么坏,难道她连一点怜恤之心都没有了吗?不,我不相信……这不像是阿谢丽做的事,是不是发生了别的事。是什么事呢?我又从何知道呢?……我努力使自己相信,儿子的确是生了一点小病。为什么我不应该相信小男孩的话呢?我使自己相信了这一点,就开始觉得确有其事似的:仿佛儿子热度很高、昏迷不醒……突然,我觉得他需要某种帮助,需要买药,或者需要把他送进医院?他们是住在山口,而不是住在城市的大街上啊!我一时心如刀割,五内俱焚。我赶紧往回走,没有想自己能做些什么,怎么做。

我只知道一点:快一点看到儿子,快一点……我相信我会遇见他,我的心预示了这一点。可是,油箱里的燃料偏偏又没了,我不得不在转运站的加油站旁边停了下来……

我的旅伴伊利亚斯停止了说话。他用手擦擦发热的脸,沉重地叹了一口气,把窗子开得不能再开,又一次——不知是多少次了——抽起烟来。

早已过了半夜。除了我们两个人,车中的其他旅客大概都睡了。车轮敲打着路轨,唱着自己的无尽头的旅途之歌。窗外是清澈爽朗的仲夏之夜,小车站的灯火闪烁掠过。机车吼叫着,奔跑着。

我的旅伴若有所思地苦笑了一下,接下去讲述自己的故事:

就在这个时候,您走到我的跟前,老兄,我拒绝了您。现在您明白是什么原因了吧?您站在加油站旁边,后来又坐上"胜利"牌汽车赶上了我。这个,我发觉了……是的,一路上我非常激动。预感没有欺骗我,萨马特在路旁等我。一看见汽车,就拦路跑了过来:

"叔叔,司机叔叔……"

我的孩子很健康!啊,我真高兴,我多幸福啊!

我停下了车,从驾驶室里跳了下来,向儿子跑去。

"你怎么了,病了?"

"没病,妈妈不放我来。她说不叫我坐你的车。我就哭了。"萨马特抱怨说。

"喂,那你现在怎么来了?"

"爸爸说,如果那个人愿意带孩子们坐车,就让他带吧。"

"原来如此!"

"我说,我将来要当司机……"

"是的,你能当司机,还是个好样的司机!你知道我给你带来什么吗?——我给你带来一辆玩具汽车。——你看,是一辆带发条的载重汽车,对小司机来说,这是再合适不过的了!"

男孩子笑了,脸上放出了光彩。

"我永远永远和你在一起坐车,啊,叔叔?"他用祈求的目光看着我问道。

"当然,永远在一起!"我向他保证说,"如果你愿意,今天是五一节,我带你进城去,我们把汽车点缀上旗子,然后我再把你送回来。"

现在我很难解释,我为什么要那么说,我有什么权利,而主要的是,我为什么突然相信了这一点。这还不够,我又进了一步。

"如果你喜欢的话,你就永远跟着我吧!"我非常正经地向儿子说,"我们将在驾驶室里生活,我带着你周游四方,哪儿也不放你去,我们永不分离。你愿意吗?"

"愿意!"萨马特马上同意了,"我们将在汽车里生活!走吧,叔叔,现在就走!……"

有这样的情况:大人竟像小孩一样。我们坐进驾驶室。我犹豫不定地打开电门,按了按起动器。而萨马特很高兴,老是纠缠着我,向我表示亲热,跳上了座位。汽车开走了。

萨马特更加高兴,笑着,和我说东道西,用手指着驾驶盘和仪器板上的按钮。我也同他一起快活起来。可是,当我猛然醒悟的时候,我感到非常惊慌。我这是做什么呢?!我把车刹住了,可是,萨马特不让我停车。

"快一点,叔叔,快一点开车!"他请求说。我怎么能拒绝孩子的这双幸福的眼睛呢?我加快了速度。当我刚一加快速度,前面出现了一辆修整公路的筑路机。筑路机拐了个弯,朝我迎面开来,在筑路机后面的地头上站着巴伊切米尔。他在铲拐弯处的柏油。我猛然一惊,不知所措。心想把车停下,可是已经晚了:我把孩子带出了老远。我稍稍俯下身子,拼命地开大了油门。巴伊切米尔什么也没有发觉。他头也不抬地在工作着:每分钟从这里路过的汽车难道还少吗?但是,萨马特却看见了他:

"那是爸爸!叔叔,我们把爸爸也叫来吧,啊?你把车停下,我叫爸爸!"

我沉默了。现在不能够停车,我说什么呢?萨马特突然回头一看,吓了一跳,哭叫了起来:

"我要找爸爸!停车,我要找爸爸!停车,我不愿意!妈——妈!……"

我刹住了车,把车开到山口的峭壁后边。转过身来哄儿子:

"不要哭,萨马特,喂,也不应该哭!我现在就把你带回去。就是不要哭!"

但是,这个吓破了胆的小孩什么也不愿意听。

"不,不愿意!我要找爸爸!你把门开开!"他用力敲着车门,"开门!我要跑到爸爸那里去!开门!"

这真是意想不到的事。

"你别哭!"我恳求他说,"现在就给你开门,只是你要安静一些!我亲自把你领到爸爸那里去。喂,出来吧,走吧!"

萨马特跳下车来,哭着向回跑去。我拦住了他:

"站住!把眼泪擦掉!不应该哭。我请求你,我的亲儿子,不要哭!把你的汽车拿去吧!你怎么了,啊?你看!"我抓起了玩具汽车,用颤抖的手上弦,"你看,汽车向你跑去了,抓住它!"汽车沿着道路向前移动,碰到一块石头上,翻了过来,一个筋斗就掉进排水沟里了。

"我不要!"萨马特哭得更厉害了,连头也不回地就跑了。

我的喉咙里像是塞着一团火。我跑去追赶儿子:

"站住,你不要哭,萨马特!站住,我是你的……我是你的……你知道吗?……"但是,我没有说出来。

萨马特头也不回地跑了,拐过了弯就不见了。我跑到峭壁处,停了下来,看着儿子的背影。

我看见萨马特跑到正在路上工作的巴伊切米尔的身边,扑到他身上。巴伊切米尔蹲了下来,抱住了他,紧紧地搂着他。男孩子也抱住了他的脖子,面带惧色地向我的方向望着。

随后,巴伊切米尔拉着他的手,把铁锹扛在肩上,就顺着道路走回去了——一个大人和一个小孩。

我靠着峭壁,在那里站了好久,然后往回走,走到玩具汽车的旁边停了脚步。汽车轮子朝天地躺在排水沟里。泪水沿着我的面颊流了下来。"哎,一切都完了!"——我对自己的大汽车说道,抚摸着车盖。我感到了马达的温暖。现在,甚至在汽车里也有某种使我感到亲切的东西,要知道,它是我和儿子最后一次会面的见证人啊……

伊利亚斯站起身来,向走廊走去。
"我去吸点新鲜空气。"他走到门口说道。
我留在车厢里。黎明前的天空像一条发光的玉带,在窗外闪动。电线杆子隐约掠过。可以熄灯了。
我躺在卧铺上,心里想:要不要把我已经知道而伊利亚斯还不知道的事情告诉他呢?但是,他还没有回来,我也就什么也没向他说。

我认识养路工巴伊切米尔的时候,伊利亚斯已经知道阿谢丽和他的儿子住在山口了。
帕米尔高原上的人们在等待欢迎吉尔吉斯的养路工人代表团。因此,塔吉克共和国的报纸责成我写一篇关于吉尔吉斯山区养路工人的特写。
代表团中有一位巴伊切米尔·库洛夫,他是优秀的养路工之一。
为了认识巴伊切米尔,我来到了多伦。
我们出其不意地相遇了,事情一开始对我来说倒很顺利。在山口的一个地方,一个手拿小红旗的工人拦住了我们的公共汽车。原来,前面刚才发生了坍方,现在工人们正在清理道路。我从公共汽车上下来,走到山崩的地点。这一段路已经灌好了水泥,打上了牢固的木模。推土机把土推到斜坡下面。在推土机转动不过来的地方,工人用木排和铁锹来铲土。一个身穿帆布短大衣、脚穿油布鞋的人跟着推土机一起往前走,并向推土机手发命令:

"往左!再往前面一点!从木模上面穿过去!好!停住!往后!……"

道路差不多快修复了,车马通行的地方已经清理出来了。司机们从两方面拼命地打信号,叫骂,要求放行,可是穿短大衣的那个人却毫不理睬,仍然神色自若地指挥着。他一次又一次地让推土机在路上走来走去,碾压着木模上的土。"这个人大概就是巴伊切米尔了。他真是自己工作的主人!"我这样想。果然,我没有错,这正是巴伊切米尔·库洛夫。最后,终于放行了,汽车相对开出了。

"您怎么了,公共汽车开走了吗?"巴伊切米尔向我问道。

"我是来找您的!"

巴伊切米尔并没显出惊奇,只是有礼貌地把手伸给我:

"非常高兴!"

"我找您有点事,巴克。"我亲切地称呼道,"您知道我们的养路工要到塔吉克斯坦去吗?"

"听说过。"

"那么在您到帕米尔之前,我想找您谈谈。"

我越向他解释我来的目的,巴伊切米尔就越愁眉苦脸,他若有所思地摸着他那栗色的硬胡须。

105

"您来了,这很好,"他说,"但是,我不到帕米尔去,我也没什么值得写的。"

"这是为什么呢?有事吗?或者是家里有什么事?"

"我的事,就是道路,这您已经看见了。至于家里吗?"他沉默下来,拿出了香烟,"家里当然有些事,像所有的家一样……但是,我不到帕米尔去。"

我开始劝说他,向他解释:代表团里能有他这样一位养路工,该是多么重要。巴伊切米尔听着我的话,多半是出于礼貌,我终究没有能够说服他。

我非常烦恼和遗憾,首先是对自己。职业的嗅觉背叛了我,我没能接近这个人。我没有完成编辑部交给我的任务,只好两手空空地离开这里。

"巴克,请您原谅,我要走了。马上就会有顺路汽车来的……"

巴伊切米尔用他那双泰然自若的、聪明的眼睛仔细地看了看我,嘴角须边露出了笑意:

"城里的吉尔吉斯人把风俗都忘了。我有房子和家,有吃饭和住宿的地方。您既然来找我,就明天从我家里走,而不能现在从路上走。走吧,我带您到我的妻子和儿子那里去。您不要见怪,在天黑以前,我还得去巡查。很快我就会回来。工作就是这样的……"

"等一等,巴克!"我请求说,"我和您一起去巡查。"

巴伊切米尔看着我这个城里人穿的一身西装,调皮地眯缝起眼睛:

"这好像对您不太方便。路很远,又不好走。"

"没关系！"

于是,我们就一起走了。在每一座桥梁和每一个转弯的地方,在悬崖峭壁的旁边,我们都停下了脚步。当然,我们也攀谈了起来。直到现在对我来说还是一个谜:我究竟用什么话、用什么办法赢得了巴伊切米尔对我的信任和好感的?他向我叙述了他自己的和他家庭的全部历史。

养路工讲述的故事

您问我为什么不愿意到帕米尔去。我本是在帕米尔出生的吉尔吉斯人,可是不知为什么却到了天山这里来。几乎还是个孩子,我就参加了帕米尔运输线的建设工作。这是响应共青团的号召。我们工作得很紧张、很起劲,尤其是年轻人。当然啰,这是因为这条路要通向高不可攀的帕米尔!我是突击队员,曾多次得过奖金和奖赏。这些不过是顺便说说。

在工地上我遇到一个姑娘。我爱上了她,非常爱她。她美丽、聪明。她是从吉尔吉斯的乡村来到工地上的;在那个时候,这对于一个吉尔吉斯的姑娘来说,不是一件简单的事。就是现在,姑娘们的道路也不是那么容易走的,您知道,风俗还在束缚着她们。时间过去了一年左右。运输线的建设已经竣工。需要一些干部来经营这些路。把路建成,这只是事情的一半,大家齐心合力就可以做到这一点,而以后就应该善于管理它。我们那里有一位年轻的工程师,叫胡萨伊诺夫,现在他还在路上工作,是个大干部。我和他处得很好。他也指点我,叫我到训练班去学习。当时我曾想,古丽巴拉不会等我了,人们会把她领回乡村的,可是,她却一直等着我。我们结了婚,仍留在路段工作。我们生活得很美好,很和睦。应该说,一个牢固的家庭和妻子,对于住在山口的养路工来说,是有特别重要意义的。后来,我亲身体会到了这一点。如果说,我能终生热爱自己的工作,那么,这里面有我妻子不小的功劳。我们生了一个女儿,随后又生了第二个女儿,恰好在这时,战争爆发了。

帕米尔运输线成了倾盆大雨中的江河。人们潮涌而下——去参军。

这件事也临到我的头上。早晨,我们一家人从房子里出来,向大路走去。我抱着小女儿,大女儿在我旁边走着,拉着我的衣服。我的古丽巴拉,可怜的古丽巴拉!她打起精神,装作若无其事的样子,拿着我的旅行袋,可是,我却知道,她一个人带着两个这样小的孩子,留在人烟稀少的山中,留在路段上,这是如何的困难啊!我本来打算把她们送到乡村的亲戚家里去,可是,古丽巴拉不愿意。她说,我们会熬过去的,我们等着你,而且也不能把线路丢下不管呀……最后一次,我们站在路边,我看了看妻子、孩子,向她们告别了。当时,我和古丽巴拉都非常年轻,刚刚开始生活……

我被分到工兵营。在战地我们修了多少条路,架了多少座桥啊!真是无计其数!我们走过顿河、维斯瓦河、多瑙河。有一次,说来真叫人胆战心寒,我们在彻骨的冰水中行进,四处烟火弥漫,炮弹在周围嘶叫,渡桥被破坏了,人们相继死去。我一点力气都没有了,心里想,不如早一点被打死了好!可是,当我一想起在山中等着我的亲人,不知从哪里就产生了力量。我想,不,我从帕米尔到这里来,不是为了葬身在这座桥下。我用牙齿咬住了扎在已经散开了的桥架子上的铁丝,没有屈服……我没有死,几乎打到了柏林。

妻子常给我写信,幸运的是,邮车是顺着运输线来的。妻子详细地叙述了一切,也谈到了路,她代替了我,做了养路工。我知道,她很辛苦,因为这条路不是在别的什么地方,而是在帕米尔高原啊!

只是到了一九四五年春天,我才突然失去同妻子的联系。唉,谁都知道,在战场上什么事都可能发生,我这样安慰着自己。有一天,我被叫到团司令部去。人们向我说:小组长,你打了仗,很感谢你,要给你发奖。你现在可以回家了,那里更需要你。我当然很高兴,还给家里打了一个电报。由于高兴,我甚至都没有想,为什么没到期限就让我提前回家了……

我回到自己的单位,而没有到军事委员会去,虽然来得及,可是我哪儿也不去了。回家!赶快回家!碰到了一辆顺路的卡车,我就跳上车去,沿着帕米尔运输线飞奔。

要是我长上一对翅膀,那该多好啊!我习惯于坐在军用汽车上到处奔走。我向驾驶室里的司机喊道:

"加油,老兄,请不要吝惜你的力气!我是回家去!"

离家已经很近了,转个弯,就是我们的路段。我等不及了,就从行进中的车子上跳了下来,把装东西的口袋背在肩上,拔腿就跑。跑呀,跑呀,转过一个弯……我什么都认不出来了。一切似乎就在原来的地方:山在那里,路在那里,可就是没有一座房子。周围连一个人都没有。只有一堆堆的石头散在那里。我家的院子是在村外,就在山的下面。那里地势很狭窄。我向山上一看——顿时愣住了。积雪从峭壁上坍塌下来,所到之处横扫一切,什么也没有留下来,就像一只带爪的魔掌把悬崖上的土石一推而下,把整个巨大的山谷翻耕过来似的。妻子在最后一封信中写过:雪下得很大,突然又落起雨来了。应该及早地把积雪炸开,放下去,可是,这难道是女人能干的事吗!……

难道这就是回到自己的家?!九死一生地从地狱里回来,可是,这里却没有了亲人……我站在那里,一动也不能动。我真想大声喊叫,使群山为之战栗,——可是,我喊不出来。我身上的一切都僵了,似乎我已经不是一个活人了。只听到装东西的口袋从肩头滑落到脚边。我把它扔在那里,这是我给女儿和妻子带来的礼物:途中用破旧的东西换来的水果糖……我在那里站了好久,似乎在等待发生什么奇迹。过了一会儿才转过身子,向后走去。走不远,我又停下来,回过头去,只觉得群山在左右摇晃,移动,猛然向我压来。我大叫一声,拼命向后跑去。离开!离开这该死的地方!就在这时候我哭了起来……

我还到哪儿去过,是怎样去的,这我已记不清了。第三天,我却在火车站上出现了。我失魂落魄地在人群中走来走去。忽听到一个军官叫我的名字。一看,原来是胡萨伊诺夫,他从军队复员回家。我把自己的不幸告诉了他。"你现在到哪儿去呢?"这我自己也不知道。他说:"不应该这样,要忍耐住,我不允许你一个人到处流浪。走,我们到天山修路去,看来那里会有工作……"

就这样,我来到了这里。最初几年,我们在运输线上修桥。时间不停地流逝过去,看来应该在什么地方弄个固定的住所。胡萨伊诺夫那时已经在部里工作了。他常来看我,劝我去做过去的工作,当养路工。我拿不定主意。过去的事情太可怕了。在这儿的工地上,我不是孤单一人,和大家在一起,总会轻松一些的。而到了那里,天知道,我会愁闷死的。我总是不能恢复过来,过去的一切总是忘不掉……生命似乎已在那里结束,前面什么东西也没有了。结婚,我连想都没有想到。我太爱我的古丽巴拉和孩子们了。看来,对我来说,任何人,在任何时候,都代替不了她们!如果只是为了生活而结婚,这没有什么意思。还不如一个人生活好。

但是,我终究还是决定到路段上去做养路工:先去试一试,如果不成,再另寻出路。结果把山口上的这个路段交给了我。没有什么,逐渐地我就习惯了。也许是因为这个路段很忙碌:正是山口。随着时间的流逝,心灵上的痛苦稍微减轻了、减弱了。只是有时候还做梦,梦见自己像僵尸似的站在原来是我们家的院子的那个地方,装东西的口袋从肩上滑了下来……在那样的日子里,我一早就到路上去,很晚也不回家。我仍然是一个人过活。的确,有时候也闪现出一个悲伤的想法:"也许我还会有幸福?"

可是当我已无所期待的时候,来之不易、令人柔肠寸断的幸福却降临了。

有一次,大约是四年前,我的邻居的母亲生病了。邻居本人很难从家中脱身:工作、家庭和孩子拖住了他。可是,老太太的病却越来越重。因此,我决定把她送到医生那里去。正好公路管理局开来一辆汽车,是给路段送什么东西来的。我们就搭这辆车到城里去。医生想把老太太留下住院,可是,怎么也不行!老太太说,我要死也死在家里,绝不留在外地。你把我带回去吧,要不我就诅咒你。这样一来,就不得不把她带回去。时间已经很晚了。过了转运站,忽然司机把车停了。我听见他在问:

"您到哪儿去?"

一个女人的声音回答了他,传来了脚步声。

"请上车吧!"司机说,"您怎么了?"说着,把汽车开过去。

一个抱着小孩、提着小包的非常年轻的女人走到汽车的旁边。我帮助她上了车,把靠近驾驶室的地方让给她,那里风吹得小些,我自己就在角落里找了个安身之地。

车子向前开去。天气酷寒。风阴冷而潮湿。小孩子放声大哭起来。妈妈摇晃着他,哄着他,可是这个小家伙根本不想安静。真糟糕!如果让她坐在驾驶室就好了,可是,那里还躺着一个奄奄一息的老太婆呢。于是,我用手碰了一下她的肩膀,说:

"喂,您把他交给我吧,也许他会安静下来的。您自己把身子往下弯一点,这样风会小一些。"

我把小孩藏在短皮大衣下边,紧紧地抱着他。他安静了下来,鼻子里开始发出呼哧呼哧的声音。这是一个非常可爱的小孩,大约有十个月的样子。我把他贴近我的左身。突然,我胸腔里的心脏剧烈地跳动起来,我自己也不知道为什么,心跳得有如受伤的小鸟。我感到悲伤和快乐。"唉,难道这辈子我就不能再做父亲了吗?"我想。小孩已经安顿下来了,无须再为他操心了。

"是男孩子吗?"我问。

她点了点头。看来,这个可怜的女人已经冻僵了,她身上的大衣太薄了。而我冬天总是在短大衣上面穿一件斗篷,做我们这样的工作不能缺少它。我一面抱着小孩,一面把那只空袖子递给她:

"你把我身上这件斗篷拉去吧,否则你会着凉的。"

"不,您这是做什么,请不必担心。"她拒绝了我。

"拉去吧,拉去吧!"我要求说,"披上挡一挡风!"

她用斗篷把自己裹上,我把斗篷的下摆给她掖在脚下。

"暖和一些了吧?"

"暖和了。"

"您怎么这样晚出来呀?"

"不得不这样了。"她轻声回答说。

这时,我们正走在峡谷里。这里有一个矿工村。人们都已经入睡了,窗口的灯火已经熄了。狗跟在汽车后面吠叫。我忽然想起:她到哪儿去呢? 不知为什么我认为她是到矿上去的,因为再往前就没有地方可去了,那里是山口,是我们的路段。

"您大概到地方了吧?"我向她说,并用手敲了敲司机的驾驶室,"前面不远就是山口了,再往前汽车就不去了。"

"那么这是什么地方呢?"她问道。

"这是矿山。您难道不是到这里来的吗?"

"我……我是到这里来的。"她迟疑着说。但是,她却迅速站起来,把斗篷交给我,把孩子抱在手中。小孩马上哭了起来,似乎有什么地方感到不舒服。她真够倒霉呀。让她一个人在冰天雪地中过夜吗?

"您没有什么地方可去了!"我直截了当地说,"您不要往坏处想。把孩子交给我!"我几乎是用劲地把孩子抱了过来,接着说,"您不要拒绝。到我们路段上住一宿吧,那里有你的事做。就这样决定!开车吧!"我向司机叫道。

汽车开动了。她默默地坐在那里,把脸藏在手掌里。我不知道,她也许在哭。

"不要害怕!"我安慰她说,"我不会对你做出什么坏事……我是养路工——巴伊切米尔·库洛夫。您可以相信我。"

我把她们安置在自己家里。院内厢房还有一间空屋子,我就躺在那里的木床上。我很久没能入睡,在床上凝神沉思,心神不宁。我不好意思详细问她,再说我自己也不喜欢这样做,可是又不得不问问她,因为一个人可能突然发生什么事,需要帮助。她的回答很拘谨、很勉强。但是,我还是猜到了她没有说出的东西。一个人当他悲伤的时候,他的每一句话后面往往隐藏着十句没有说出来的话。她离开了丈夫,从家里出走。应该说,这是一个有自尊心的女人。可以看出,她极度悲伤,痛不欲生,但是并没有屈服。当然啰,每一个人都可以做他想做的事。可是,我还是很可怜她,这是一个非常年轻的女人啊!她像是一个姑娘,身材长得又匀称、又美丽。她很温柔,大概也很诚恳。那个人怎么能使她抛弃一切而出走呢?唉,这是他们的事了。明天让她搭上一辆顺路汽车,我们就再见了。那天我太疲倦了,不知不觉就睡着了,我似乎觉得自己坐在汽车上,短大衣下面抱着一个小孩。他感到温暖,紧紧地偎依在我的心口。

破晓,我起床到外面巡视了一遍,不知为什么,很快就回来了。我想,我的客人现在怎么样了呢。为了不惊醒他们,我小心翼翼地把炉子升起来,放上了茶炊。原来她已经起来了,正在准备出发。她向我道了谢。不喝点茶,我可不能放她们走。我请她们稍等一会儿。我昨夜碰到的这个小旅伴原来是个很有趣的小家伙。同他在一起玩真叫人开心……喝茶的时候,我问道:

"您往哪儿去呢?"

她想了想,回答说:

"到雷巴奇去。"

"有亲人在那里吗?"

"没有。我的双亲在乡下,在托索尔山后面。"

"噢,那您还得换车呀。很不方便。"

"我并不是到那儿去。我们不能回到乡下去,"她若有所思地对儿子说,"这是我们自己的过错。"

我猜想,她大概是违抗父母之命而出嫁的。后来得知,果然是这样。

她就要走了,但是,我劝她等一下,在家里坐一会儿,不要抱着孩子站在大风里。我可以去拦汽车。

我怀着沉重的心情向大路走去。不知为什么,当我想到她们马上就要离开这里,又剩下我一个人的时候,我就感到难过和忧伤。

起初,没有碰到顺路的汽车。之后,我没有举手示意,把一辆车放过去了。我自己大吃一惊。我为什么要这样做呢?这时,我感到很痛苦。汽车一辆一辆地开过去,可是都被我放走了。我想,下一辆车我一定把它拦住,可是,手又没有举起来。我全身发热。她在那里等着,满怀着希望。我自相矛盾,对自己毫无办法。我在大路上走来走去,找一些理由为自己辩护。一会儿说驾驶室里很冷,因为玻璃被打碎了;一会儿又说汽车不顺路;要不就说,司机不中意——是一个不注意行车安全规则的人,可能是有点喝醉了。当我看到路过的汽车坐满人时,我就像小孩子似的高兴起来。但愿她们现在别来,但愿她们在家里再待一会儿,再待上五分钟也好。"可是,她应该到哪儿去呢?"我想,"乡下是不能去的,这个她已经说了。到雷巴奇去,可是到了那里,她带着孩子又在何处安身呢?冬天会把孩子冻坏的。这么说,最好还是让她留在这里。在这里住些时候,好好想一想应该怎么办。也许她会回到丈夫那里去。或者丈夫会来找她……"

唉,真是受罪,还不如我马上把她领到大路上来,把她打发走了好!三个小时我就这样地走来走去,在一个地方打转。我真恨我自己。不,我想,我一定把她领来,并且当着她的面把汽车拦住。此外,别无他法。于是我就向家走去。这时她已经走出了门,等得太疲倦了。我感到羞愧,像一个犯了错误的孩子似的看了看她。

"您等急了?"我低声含糊地说,"没有顺路的汽车,也不是没有,而是不合适。请您原谅……您不要乱猜想……看在上帝的分上,请您到屋里坐一会儿吧。恳求您!"

她惊奇地、忧伤地看了看我,默默地回到房里。

"您怜悯我?"她问道。

"不,不是这个原因。您知道……我替您担心。很困难呵。您怎么生活呢?"

"我要工作。我并不是不会干活的人。"

"到哪儿工作?"

"不管什么地方,安顿下来都行。但是,我不回去了,也不到乡下去。我将要工作和生活。"

我沉默了。我能反对什么呢?她现在什么也没有想。在她身上流露出委屈和自尊。这些感情驱使她盲目地出走。要知道,说说"我要生活和工作"是容易的。但这不是马上可以办到的。不过又不能强迫人啊!

小男孩向我探过身来。我把他抱起来,吻了吻他,而自己却想:"唉,我的好孩子呀,我们马上就要分开了。你已经成了我的亲爱的人,像我自己亲生的一样……"

"好吧,咱们走吧!"我轻声说道。

我们站起身来。我抱着小男孩,但是,走到门口,我就停了下来。

"我们这里也能找到工作,"我说,"您能够生活和工作。可以有一所小房子。真的,您就留下吧。不要急着走。要走,什么时候都可以走。请您考虑一下吧……"

起初她没有同意。但是,我终于说服了她。

于是,阿谢丽和她的儿子萨马特就留在我们路段上了。

院子里盖的一间小房子很冷,于是我坚持让阿谢丽母子住在我的房子里,我就搬到小房子里去。我住在那里面很合适。

从那时开始,我的生活变成另一个样子。似乎什么也没有改变,我像过去一样,仍然是一个人,可是在我身上一个人复活了,经过长期孤寂生活以后,我的心灵得到了温暖。当然,以前我也是生活在人们之中,和人们密切交往,同他们一起工作,交朋友,进行共同的事业,互相帮助,但是生活中终究还有任何东西都不能代替的一个方面。这个小孩算把我吸引住了。出去巡查,我就把他穿得暖暖的,抱着他到路上去。我的全部业余时间都是和他一起度过的。我甚至想象不出我以前是怎样生活的。我的邻居是一些好人,他们对阿谢丽和萨马特都很好。谁不爱孩子呢?阿谢丽为人诚恳、坦率,她很快就习惯了段上的生活。我所以离不开小孩,也是由于她——阿谢丽的缘故。这有什么可隐瞒的呢,不管怎样隐瞒,也是瞒不了自己的。我已经爱上了她。我一下子就爱上了她,永远地爱她,用我的整个心灵来爱她。全部过去的孤寂的岁月,全部悲伤和苦痛,全部失去了的东西都融合在这一爱情中了。但是,我没有权利谈出这一点来。她在等着他。长时期地等着他,尽管表面上并没有表现出来。我常常发觉,当我们在路上工作的时候,她总是用期待的目光迎送每一辆过路的汽车。有时她又领着儿子到路上去,几小时几小时地坐在那里。可是,他并没有出现。我不知道他是谁,是个什么样的人,我没有问过她,而她也从来没有谈到过这一点。

时间渐渐地过去了。萨马特已经长大了。啊,是个活泼可爱的小胖子!不知道是谁教给他的,或者是他自己学的,他开始管我叫爸爸了。只要一看到我,他就搂着我的脖子叫:"爸爸!爸爸!"阿谢丽若有所思地笑了,看了看他。而我既高兴,又难过。我高兴能做他的爸爸,但是,有什么办法呢……

那年夏天,有一天,我们在修路。汽车接连不断地开了过去。阿谢丽忽然冲着一个司机喊道:

"喂,江泰,停一停!"

汽车向前驶出几米就停下了。阿谢丽朝司机跑过去。他们在那里说些什么,我不知道,但是,我却听见阿谢丽突然喊道:

"你撒谎!我不相信你!离开这里!马上离开这里!"

汽车开走了,阿谢丽急急忙忙过了大路,向家中跑去。看样子她好像哭了。

我已没有心思工作下去。他是谁?向她说了些什么?我脑子里塞满了各种各样的疑问和猜想。我忍不住也回家了,可是阿谢丽并没有出来。傍晚,我到底还是找她去了。

"萨马特在哪儿呢?没有他,我真感到闷得慌!"

"那不是,他在这儿。"阿谢丽忧郁地回答说。

"爸爸!"萨马特向我探过身来。我把他抱在手上,逗着他玩,阿谢丽却满面愁容一言不发地坐在那里。

"出了什么事吗,阿谢丽?"我问。

阿谢丽沉重地叹了一口气。

"我要走,巴克,"她回答说,"这不是因为我住在这里不好。我非常感谢你,非常感谢。但是,我还是得走……到哪儿去,连我自己也不知道……"

我看她的确是要走了,因此我只有说实话了。

"怎么说呢,阿谢丽,我没有权利挽留你。但是,我也不能在这里过下去了,不得不走。我已经有过一次家破人亡、背井离乡的遭遇。这有什么可解释的呢!你自己知道,阿谢丽。如果你真走,那对我来说就如同当年在帕米尔发生的事情一样。请你想一想,阿谢丽……如果他能回来,而且你的心又驱使你回去,那我绝不妨碍你,你永远是自由的,阿谢丽。"

说完这些话,我就抱着萨马特到公路上去了。我们在公路上走了好久。我的小儿子可什么也不明白。

阿谢丽没有马上离开我。但是,她在想什么,怎么决定的呢?这些天来,我瘦了,脸也黑了。

有一天中午,我走进院子,看见萨马特在那里学走路。阿谢丽架着他,怕他摔跤。我停住了脚步。

"巴克,看你的儿子已经会走了!"她高兴地笑了。

她怎么说的?你的儿子!我扔下铁铲,蹲下身来,把小男孩叫到自己的身边:

"来,来,来,我的小骆驼!喂,到我这里来,用脚踩着地走,勇敢地走!"

萨马特张开了两只手。

"爸爸!"他晃晃悠悠地走着,跑起来。我赶快抓住了他,把他高高地举起来,然后紧紧地搂在怀里。

"阿谢丽!"我向她说,"明天我们让孩子过'剪绳节',你用黑白两色毛线拧一根绳子。"

"好,巴克!"她笑了。

"对,对,一定要用白色和黑色的毛线……"

我骑上马,跑到我的饲养牲畜的朋友那里去,拿回来马乳酒、新鲜肉。第二天,我们就请左邻右舍来参加我们这个小小的"剪绳节"。

我把萨马特放在地上,把黑白两色毛线拧成的绳子绊在他的脚上。在他的旁边放上剪刀,于是我就向站在院子另一端的孩子们命令说:

"谁第一个跑到,并且把绊绳剪开,我就把第一个礼物送给他;其他的人,要按照顺序发给礼物。孩子们,跑吧!"我挥动着手。

孩子们喊叫着跑起来。

当绊绳被剪开后,我就向萨马特说:

"喂,我的儿子,现在你跑吧! 孩子们,你们领着他!"

孩子们拉着萨马特的手,我跟在他们的后面,自言自语地说:

"大伙看! 我的小马已经能在地上跑了。愿他长大能成为飞毛腿!"

萨马特跟在孩子们的后面跑,回过头来叫了一声"爸爸!"就跌倒了。我和阿谢丽赶紧跑过去。当我把孩子从地上抱起来的时候,阿谢丽第一次向我说:

"亲爱的!"

121

……于是，我们就成了夫妻。

冬天，我们领着儿子到乡下去看老人。他们抱怨了很久。我和阿谢丽不得不把一切责任都担起来。我把全部真实情况，过去的一切事情都告诉了他们。结果，他们原谅了阿谢丽，为了外孙，为了我们的未来原谅了她。

时间不知不觉地过去了。萨马特现在已经五岁了。我和阿谢丽在一切方面都处得很和谐，只是有一件事我们从来都不涉及、都不提起。我们中间似乎有一个默契：对于我们来说，那个人是不存在的……

但是，生活并不总像你所愿意的那样啊！那个人不久前却在这里出现了……

路上发生了车祸。这已经是夜晚了。我和邻居——我的助手跑去看看发生了什么事。跑近一看，原来是一辆载重汽车撞到柱子上了。司机全身都被撞伤了，几乎是失去了知觉，而且醉醺醺的。我认出了他，只是名字记不起来了。有一次他从灾难中把我们救出来，把汽车拖到山口。这可不是一件开玩笑的事——是上多伦山啊！这是以前从没有过的事。看来他是一个坚强的、无所畏惧的小伙子，他把我们拉到了居住区。当时，我很喜欢他，他很称我的心。这件事过了不久，有个人把一辆拖车带到了山口。只差一点点他就可以到了，可是，不知是什么妨碍了他。司机把拖车扔在排水沟里就走了。我当时还想，该不就是那个天不怕地不怕的小伙子吧？我很替他惋惜，这个勇敢的人没有达到自己的目的。可是，从这以后，汽车都开始带着拖车经过山口了。司机们适应了这项工作。他们做得对。

老实说,在最初的时刻我并不知道他就是阿谢丽离开的那个人。但即使知道,我也会照样做的。我把他扶到家里,立刻一切都清楚了。那时,阿谢丽正把劈柴抱进屋里,她一看见他,手中的劈柴就落到了地上。但是,我们谁也没有表示出来,就好像我们是初次相遇。尤其是我,更应该掌握住自己,不能说出一句不小心的话,或者做出某种暗示,来触动他们的隐痛,我也不能妨碍他们重新相互了解。我当时不可能做出什么决定。要由他们来做决定:他们两个人有他们的过去,有他们的儿子。我把他们的儿子放在床上,偎依着他,抚摸着他。

那天晚上,我们谁都没有睡,每个人都在想自己的心事。我也在想自己的心事。

阿谢丽可以领着孩子走。这是他们的权利。愿他们能像他们的心和理智所支使的那样去做。而我……有什么可说的呢,问题不在于我,不取决于我,我不应该妨碍他们……

他现在还在这里,在我们这条运输线上跑来跑去。这些年来他都去哪儿了,都做些什么?这并不重要……这是他们的事情……

我和巴伊切米尔巡视回来,已经是傍晚时分了。初春的烟雾迷蒙的晚霞飘浮在天山的冰峰上。汽车吼叫着在路上奔驰。

"事情就是这样,"巴伊切米尔沉默一会儿以后若有所思地说,"现在我不应该离开这个家。如果阿谢丽拿定主意想走,但愿她的良心纯洁,但愿她把这件事告诉我,并接受我对儿子的最后的临别赠言。要知道,这个孩子比我亲生的还亲。可是,我不能把他从他们那里夺过来……因此,我哪儿也不去。更不用说是到帕米尔。当然,我说这些话并不是为了给报纸提供资料。只不过是一个人对另一个人说说而已……"

尾　声

我和伊利亚斯在奥什分了手。他到帕米尔,我去办自己的事情。

"我到这里来找阿利别克。我要开始新的生活!"伊利亚斯谈出了自己的希望,"您不要以为我是一个不可救药的人。总有一个时候,我会结婚,我将有房子、家和孩子——总之,我会有人们所有的一切。我也会找到朋友和同志。但只有一样东西我不会再有,那就是我永远失去的、一去不复返的过去……到我生命的最后一刻,只要我一息尚存,我将永远记着阿谢丽,记着我们之间的一切美好的东西。"

伊利亚斯低下了头,在想心事。沉默了一会儿,他又补充说:

"当我动身的那天,我到湖边去了,到那个陡峭的小山去了。我向天山、向伊塞克湖告别。别了,伊塞克湖,我的没有唱完的歌!啊,如果我能把你那蔚蓝色的湖水连同你那黄褐色的堤岸一起带走,那该多好啊!但是,这是不可能的,就如同我不可能把我心爱的人的爱情带走一样。别了,阿谢丽!别了,我的包着红头巾的小白杨!别了,亲爱的!祝你幸福!……"

胡平　陈韶廉　译

第一位老师

我敞开窗户，一股清新的气流涌进屋里。在晴朗的浅蓝色的薄暮中，我仔细端详着我刚刚开始动笔的一幅画稿。草稿很多，我曾画了一张又一张。但谈到完整的画面为时还早。我还没有找到主要的东西……我在黎明前的静谧中徘徊，左思右想。每次都这样。每次我都深信，我的画还只是一个构思。

我不喜欢对人们，甚至对亲密的朋友过早地谈论和提及自己尚未完成的作品。这倒不是因为我对自己的作品过分热衷，我只不过觉得，很难猜测一个如今尚在襁褓中的婴儿会长成什么样儿。至于一幅尚未完成的画也同样难以判断。不过，这一次我违背了自己的常规——我想大声疾呼，更确切些说，想和人们谈谈我这幅尚未完成的画。

这不是什么刁钻古怪的要求。我只能这样做，因为我觉得，我一个人承担不了这个任务。我觉得，这打动了我的心灵、促使我拿起画笔的事件是如此巨大，我一个人实在无力把它揭示出来。我提心吊胆地端着这杯满满的水，生怕端洒了，生怕端不到。我希望人们能和我商量商量，帮我出个主意。哪怕在心里暗暗地和我并排站在画架旁，和我一块儿激动不安也好。

别吝惜自己火热的心,走拢些吧,我有责任来讲述这个故事……

我们库尔库列乌村坐落在一片辽阔高原上的山前地带。无数喧闹的山溪从许多大小峡谷奔向那里。村子下面延伸着一片黄土盆地,这就是有黑山支脉环绕其周围的广袤的哈萨克草原,另外就是一条穿过平原、伸向西方地平线的暗黑色的铁路线。

在村子上方的一个小岗子上有两棵高大的白杨。从我记事的时候起,我就记得它们。不论你从哪个方向到我们库尔库列乌村来,你最先看到的就是这两棵白杨;它们的位置非常显眼,好比山上的灯塔一样。我甚至不知道该怎样来解释——不知是因为童年的印象对于一个人特别珍贵呢,还是因为这与我这个画家的职业有密切的联系——每一次,当我一下火车,坐着车子穿过草原,朝自己村子驶去的时候,我首先就是远远地用眼睛搜寻我那两棵亲切的白杨。

不管它们有多高,在这么远的距离也未必能立刻看到它们,但是对于我,它们却永远是感觉得到的,永远是看得见的。

多少次,我从远方回到库尔库列乌村来,总是忧心忡忡地想道:"我很快就能见到它们、见到这对孪生的白杨姊妹吗?快点回到村里吧,快点爬上山冈,走到白杨跟前吧。然后站在树下,久久地谛听着树叶的沙沙声,直到怡然陶醉。"

不管我们有多少这样那样的树,可这两棵白杨却与众不同——它们有自己特殊的语言,说不定,还有自己特殊的音调和谐的心灵。不管你什么时候来到这儿,白天也好,夜晚也好,它们总是摆动着枝条,抖动着叶儿,无休止地弹奏着各种各样的曲调。

后来,过了许多年,我才了解到这两棵白杨的秘密。它们屹立在一座四面临风的高地上,对空气中任何细微的波动都有所反应。每一片细小的叶儿都能敏感地觉察到最轻微的吹动。

但是,这个简单的真理的发现丝毫也没有令我失望,也没有夺去我一直保留到今天的那种童年的感觉。而且直到今天,我仍然觉得山冈上这两棵白杨是不寻常的,是活生生的。在那儿,在白杨树旁边,留下了我那仿佛像一块魔术般的绿玻璃片的童年……

在学习快要结束、暑假即将开始的日子里,我们男孩子便跑到这儿来捣毁鸟巢。每次,当我们大声嚷嚷着,打着唿哨,跑上山冈的时候,白杨巨人总是从这边摆到那边,仿佛在用自己凉爽的荫影和树叶温柔的簌簌声欢迎我们。而我们这些赤着脚的淘气鬼,却一个帮着一个,顺着树干和树枝爬上树梢,在鸟的王国里掀起了一场惊慌。成群的鸟儿聒噪着,在我们头上飞旋。可我们却满不在乎:爱到哪儿就到哪儿去吧!我们越爬越高——瞧啊,看谁最勇敢,最伶俐!——爬到最高的地方,鸟瞰下面,在我们面前,好像施了魔法似的,忽然展现出一个辽阔光明、美妙无比的境界。地球之大使我们感到震惊。我们屏住呼吸,一个个在自己攀住的树枝上发愣,忘记了鸟巢和鸟。集体农庄的马厩,我们一向认为是世界上最大的建筑物,但从这儿看去却像个顶平常的小板棚。村子后面还伸延着一片未开垦的草原,逐渐消失在朦胧的雾霭里。我们尽量睁大眼睛,注视着灰蓝色的远方。于是,我们又看到许许多多我们以前连想都没想到的土地,看到不少以前不曾知道的河流。这些河流像一根根纤细的带子,在地平线上闪着银光。我们隐蔽在树枝上,心想:这是世界的尽头呢,还是天外还有天,还有云,还有草原和河流?我们隐蔽在树枝上,聆听着不平常的风声,而树叶也在柔声低语,向风儿诉说着那一处处消失在灰蓝色远方的诱人的、神秘的天地。

我谛听着白杨树喧哗的簌簌声,我的心由于惊悸和快乐而噗噗乱跳,在这无休无止的窸窣声里,我竭力想象着那迢迢千里之外的远方。只有一件事当时我没想到:是谁在这里栽下了这两棵树?这位不知名的种树人把树根埋进土里的时候曾经想过什么,说过什么?他把它们种在这里,种在这座小山冈上时怀抱过什么希望?

不知为什么,人们把这座挺立着白杨树的小山冈叫作"玖依申小学"。我记得,如果有人寻找丢失了的马,他只要问一声碰到的人:"喂,你看见我的枣红马没有?"他们就常常这样回答他:"到山冈上去找吧,在玖依申小学附近,夜里有人在放马。你到那儿去看看吧,也许会找到你的马。"我们这些男孩子们毫不犹豫地模仿起大人来,也这么说:"走吧,伙伴们,到玖依申小学去,到白杨树那儿轰麻雀去!"

人们传说，从前，在这座山冈上有一所小学。可我们连它的影子也没见过。小时候，我曾经不止一次想找到这所学校，哪怕找到一点废墟也好，我走来走去，东找西找，但什么也没找到。后来，我觉得人们管这个光秃秃的山冈叫"玖依申小学"实在奇怪，有一次我就问几位老爷爷，这位玖依申是个什么人。一位老爷爷漫不经心地摆了摆手，说："玖依申是什么人？他不就是瘸腿羊族村的那个人嘛，现在还活着。这是很久很久以前的事了。那时，玖依申还是个共青团员。在那座山冈上有一个被抛弃的板棚，玖依申在那儿办了一个小学，教孩子们念书。既然有过这么个学校，也就有了这么个名字。嗨，那些年月可真有意思！只要谁能抓住马鬃，把脚塞进马镫，谁自己就是首长。玖依申就是这种人，他想起个什么，就马上干了起来。可如今那个小板棚什么也没剩下，连个小石头你也甭想找到，幸好留下了个名字……"

　　我不大了解玖依申。我只记得这是个已经上了年纪的人，高高的个子，凸凸的颧骨，有一副下垂的浓眉。他的家在河那面，在第二生产队的那条街上。当我还住在村里的时候，玖依申是集体农庄的水利员，成天在田里跑来跑去。有时，他把大月锄绑在马鞍旁，骑着马走过我们这条街。他那匹马不知为什么也跟主人一样——瘦骨嶙峋，细脚细腿。后来，玖依申老了，人们说，他当上了邮递员。但这只是一种说法罢了，问题不在这里。在我当时的概念里，共青团员——这当然是个工作热情、敢说敢干的优秀骑手，是村里斗争性最强的一员，在会上能踊跃发言，在报纸上敢于批评游手好闲的二流子和违法乱纪的盗窃犯。所以,我无论如何也想象不出,这位满脸大胡子的和蔼可亲的老人过去是个共青团员,而且在自己没有多少文化——这点尤其令人惊奇——的情况下,还去教孩子们念书。不,我脑子里怎么也无法形成这个印象!坦白地说,我认为这是我们村里许许多多传说中的一个。但事情并非如此……

去年秋天,我接到村子里打来的一个电报。老乡们邀请我去参加一所新学校的开学典礼。这学校是农庄自己创办的。我立刻决定去参加,因为这对我们村子来说是一个欢天喜地的节日,在这种时候,我绝不能蹲在家里。我甚至提前几天动身了,心想:去走走看看,画几幅新的速写。被邀请的来宾原来还有科学院院士苏拉依曼诺娃。他们告诉我,她将在村里逗留一两天,然后从这儿直接赴莫斯科。

我知道,这位如今已出名的女人是小时离开我们村子去城里的。当我成了一个城里人以后,我才跟她认识。她已经上了年纪,身体发胖,梳得光光的头发里掺杂着密密的白发。我们这位著名的老乡在大学里担任教授,讲授哲学,也在科学院工作,经常出国。她是个忙人,我没有机会和她接近。不过,不管我们在哪儿相遇,每次,她都十分关心我们村里的生活,而且,一定要谈谈她对我的工作的意见,即便谈得非常简短。有一次,我对她说:

"阿尔狄娜依·苏拉依曼诺娃,您要是回村一趟,跟乡亲们见见面,那该多好!村里的人谁都知道您,以您为骄傲。但是,他们知道您的情况多半是听来的。因此,有的人就说,看样子,我们那位有名的女学者不认我们喽,忘了回自己的库尔库列乌村的路喽。"

"当然,应该回去一趟。"阿尔狄娜依·苏拉依曼诺娃当时不大愉快地微微一笑,"我早就想回库尔库列乌村一趟,我离开那儿已经很久很久了。不错,村里没有我的亲人,不过问题不在这里。我一定回去,我也应当回去,我非常思念自己的家乡。"

科学院院士苏拉依曼诺娃来到村里的时候,开学典礼马上就要开始了。庄员们打窗子里一望见她的汽车,就一窝蜂地拥到了街上。认识的也好,不认识的也好,老的也好,小的也好——个个都想跟她握手。看样子,阿尔狄娜依·苏拉依曼诺娃没有料到人们会这么热情地欢迎她,所以,我觉得她似乎有点手足无措。她把双手贴在胸前,向人们频频地点着头,费力地挤过人群,来到台上的主席团里。

阿尔狄娜依·苏拉依曼诺娃一生大概不止一次参加过隆重的纪念大会,而且大概总是受到人们热情而恭敬的接待的。但是在这里,在这所普普通通的乡村学校里,这些亲热的老乡使她非常感动,她尽力想隐藏起那抑制不住的眼泪。

开学典礼结束以后,少先队员们就给这位敬爱的女宾系红领巾、献花,并且请她在贵宾簿上签下了第一个名字。接着是学校的业余文娱晚会。晚会开得非常有趣,非常愉快。之后,校长邀请我们——各位来宾、老师和农庄积极分子——到他家去做客。

在这里,大伙儿对阿尔狄娜依·苏拉依曼诺娃的光临又表示了热忱的欢迎。大家请她坐到铺着地毯的荣誉席上,千方百计地向她表示自己对她的尊敬。正如通常在这种场合中的情形一样,宾主之间谈笑风生,互相举杯祝贺,非常热闹。就在这时,一个当地的小伙子走进屋来,递给主人一沓贺电。贺电从这个人手中传到那个人手中:这是从前的学生来电祝贺自己的乡亲们开办了新学校。

"喂,这些贺电是玖依申大爷送来的吗?"校长问。

"是的。"小伙子答道,"他说,他一路不停地打着马,希望能赶上庆祝会,好把这些贺电当面读给乡亲们听听。可是老人家来晚了一点,心里好不痛快。"

"那他还站在外面干什么,快请他下马,请他进来!"

小伙子出去请玖依申。坐在我旁边的阿尔狄娜依·苏拉依曼诺娃不知为什么浑身战栗了一下,尤其奇怪的是,她仿佛突然回忆起了什么,向我打听人们谈论的这个玖依申是什么人。

"这是农庄的邮递员,阿尔狄娜依·苏拉依曼诺娃。您知道玖依申大爷吗?"

她含糊地点了点头。后来,她想站起来,但就在这时,有一个人骑着马嗒嗒地走过窗前。小伙子回来对主人说:

"我请过他了,可他走了。他还要送信哩。"

"那就让他送去吧,用不着留他了。回头他会去跟那些老头儿聊天的。"有人不满地嘟囔道。

"唉——呀!您还不知道我们这位玖依申呐!他是遵守规章制度的人。要是任务没有完成,他哪儿也不会去。"

"的确,他是个怪人。战后他打医院出来,这是在乌克兰的时候,就留在那儿了。五年以后才回来。他说,要回到故乡来死。他一辈子就这么孤苦伶仃地生活着……"

"不管怎么说,他要是现在顺便进来坐坐,那该多好……好吧,不来就算了。"主人挥了挥手。

"同志们,还记得不,我们过去都在玖依申办的小学里上过学。"村里最受尊敬的一个人举杯说道,"而他自己大概连字母表里的字母都认不全。"说话的人讲到这里,眯起眼睛,摇了摇头。他的全副神情表示出这件事既令人吃惊,又令人发笑。

"可不是,的确是这样。"好几个声音附和道。

周围的人们都哈哈大笑起来。

"这还有什么可说的!当时什么事玖依申没鼓捣过,我们不是都一本正经地把他当老师吗?"

当笑声停息下来,举杯的人接着说:

"瞧,现在我们眼看着人们一个个成长起来了。科学院院士阿尔狄娜依名扬全国。我们大伙儿差不多都受过中等教育,有许多人还受过高等教育。今天,我们又在自己村里开办了一所新的中学。这说明了一点:生活变化得多么快。乡亲们,让我们为库尔库列乌村的子女将成为当代的先进人物而干杯吧!"

大家友好地举杯祝贺,人群重又喧哗起来,只有阿尔狄娜依·苏拉依曼诺娃脸色绯红,不知为什么非常惶惑不安,只用嘴唇碰了碰杯子。但那些只顾谈话、兴致勃勃的人们并没有觉察到她的心情。

阿尔狄娜依·苏拉依曼诺娃看了好几回表。后来,当客人们来到街上,我看见她离开大家,站在一条沟渠旁边,直瞪瞪地凝视着山冈,在那儿,渐渐变成棕黄色的秋天的白杨正在迎风摇曳。夕阳渐渐西下,斜挂在远方茫茫的草原的淡紫色的边缘上,它从那儿放射出微弱的光芒,用一抹黯淡的、凄凉的紫红色装饰着白杨的树梢。

我走到阿尔狄娜依·苏拉依曼诺娃跟前。

"现在白杨落叶了,您要是能在百花盛开的春天来看一看这两棵白杨,该多么好。"我对她说。

"我也在这么想。"阿尔狄娜依·苏拉依曼诺娃叹了口气,沉吟了一会儿,好像自言自语地补了一句,"是啊,每一样有生命的东西都有自己的春天和自己的秋天。"

在她那憔悴的、眼角周围布满了无数纤细皱纹的脸上,掠过一道忧郁的、若有所思的阴影。不知为什么她非常温柔地、悲哀地凝望着那两棵白杨。我忽然看见,在我面前站着的不是科学院院士苏拉依曼诺娃,而是一个极平常的、诚实地流露出自己的喜怒哀乐的吉尔吉斯女人。看样子,这位学识渊博的女人此刻回忆起了自己的青春时代,这个青春时代正如我们唱的歌子里说的那样,即使站在最高的山顶上也喊不应它了。她眺望着白杨,仿佛有什么话要说,可是后来大概改变了主意,突然戴上拿在手中的眼镜。

"开往莫斯科的列车好像是十一点路过这里,对吗?"

"对,夜里十一点。"

"这么说,我得准备动身啦。"

"为什么突然要走?阿尔狄娜依·苏拉依曼诺娃,您答应过要在这儿留几天。乡亲们不会放您走的。"

"不,我有急事。我必须马上就走。"

135

不管乡亲们怎么劝她,不管他们表示自己多么遗憾,阿尔狄娜依·苏拉依曼诺娃却毫不动摇。

此时,暮色苍茫四合。怏怏不乐的乡亲们让她许下诺言:下次来这儿住一星期,或者更多一些时候,然后才把她送上汽车。我伴送阿尔狄娜依·苏拉依曼诺娃到车站。

为什么阿尔狄娜依·苏拉依曼诺娃突然这么匆匆地离开?在这样的日子里让乡亲们扫兴,我觉得很不应该。路上我好几次想问她是怎么回事,但却没有勇气。不是因为我怕自己显得没有分寸——而是因为我知道她反正什么也不会说。一路上她缄默不语,深深地沉湎在往事的回忆中。

在车站上我终于忍不住问她:

"阿尔狄娜依·苏拉依曼诺娃,您的心情不大好,也许是我们得罪了您?"

"哟,您说哪儿的话!可千万别这么想!我能抱怨谁呢?也许,只有抱怨自己。对,大概只能抱怨自己。"

阿尔狄娜依·苏拉依曼诺娃就这么走了。我也回到了城里。过了几天,我忽然接到了她的一封来信。信中说,她在莫斯科逗留的时间比她原来打算的要长一些。阿尔狄娜依·苏拉依曼诺娃写道:

"虽然我有许多重要而急迫的事情,但我决定先把它们放一放,而写这封信给你……如果你对我写在信里的一切感兴趣,那么我恳求你考虑一下,怎样利用这些材料来把我叙述的这一切告诉给人们。我认为,不仅是我们的乡亲们应该知道,所有的人都应该知道,尤其是青年。经过长时间的思考之后,我才有了这个信念。这是我对人们的自白。

我应该履行自己的职责。知道这件事的人越多,我受到良心谴责的痛苦就越少。别担心我会处在尴尬的境地,什么也别隐瞒……"

好几天来,我一直处在她这封信所产生的影响之下,始终想不出什么好办法来代表阿尔狄娜依·苏拉依曼诺娃讲述这个故事。

这事发生在一九二四年。对,正是那一年……

集体农庄如今所在的那个地方,当时是一个由札达克族的穷人居住的小村落。我那时是十四岁,住在我亡父的一个堂兄弟家。我也没有母亲。

还在秋天的时候,那些比较有钱的人家就搬到山里避冬去了。之后不久,一个陌生的、穿着士兵大衣的小伙子来到了我们村里。我之所以记得这件士兵大衣,是因为它不知为什么是用黑呢子做的。这个穿着公家大衣的人的出现,对我们这个远离大道、坐落在山脚下的小小村落来说,可是件了不起的大事。

起初,人们断言说,他在军队里当过军官,因此,他将在村里当村长。可是后来发现他根本不是什么军官,而是那个塔什坦别克的儿子,塔什坦别克是在许多年前闹饥荒的时候从村里跑到了铁路上,后来就杳无音讯了。而他,塔什坦别克的儿子玖依申,好像是派到这儿来开办学校,教孩子们念书的。

在那些年月里,像"学校"啦、"学习"啦这些字眼全都是新名词,人们也不大了解它们的涵义。有的人相信各种

137

各样的传闻,有的人认为这全是娘们儿的胡诌,如果不是很快就召集人们去开大会,说不定他们早就忘记学校这回事了。我叔叔就唠叨了半天:"这又是什么会,随便什么鸡毛蒜皮的小事也要开会,人家都甭干活啦!"不过后来他还是给自己的马套上马鞍,像每一个尊重自己的男人一样,骑着马参加大会去了。我和邻家的孩子们也跟在他后面跑去。

当我们气喘吁吁地跑上通常用来召开群众大会的小山冈时,那个穿着黑呢军大衣、脸色有些苍白的小伙子已经在一大堆走来的和骑马来的人们面前讲开了。我们听不清他的话,就往前靠拢了些,就在这时,一个穿破皮袄的老头儿,仿佛突然清醒过来似的,连忙打断了他的话:

"喂,小伙子,"他结结巴巴地说,"从前,孩子们都是请阿訇来教的,而你父亲我们都知道,是个跟我们一样的穷光蛋。你说说,你什么时候变成了阿訇的?"

"我不是阿訇,老人家,我是共青团员。"玖依申连忙答道,"如今教孩子们念书的是老师,不是阿訇。我在军队里学过几天文化,在这以前也上过几天学。我就是一个这样的阿訇。"

"哦,这事……"

"好样儿的!"传来了赞许的声音。

"是这样,共青团派我来教你们的孩子们念书。可是要念书咱们就得有个地方。我想把学校设在山冈上那个旧马房里,当然还得请你们多多帮助。你们对这有什么意见,乡亲们?"

人们犹豫不决,仿佛一个个都在心里盘算着:这个外来的人到底要干些什么？后来，抬杠专家萨狄姆库勒——他由于自己顽固不化而被人取了这么个绰号——终于打破了沉默。他早就用胳膊肘支在鞍头上，仔细地倾听着大家的谈话了，并不时透过牙缝，吐出几口唾沫。

"等一等，小伙子，"萨狄姆库勒眯缝着眼睛，仿佛在瞄准什么东西似的，喃喃地说，"你最好说说，为什么我们要办学校？"

"什么叫为什么？"玖依申有些张皇失措了。

"说得对！"人群中有人附和道。

霎时间，人群骚动起来，喧哗起来了。

"自古以来，我们就靠劳动过日子，靠大月锄吃饭。我们的子孙也将这么过下去，他们学文化做什么呢！当官的才要文化呐，可我们是普普通通的老百姓。别来作弄我们的脑瓜子啦！"

人声渐渐沉寂下来。

"难道你们反对自己的孩子念书吗？"被这意外的质问弄得狼狈不堪的玖依申，目不转睛地望着周围的人们，问道。

"要是我们反对，你还能强迫吗？那种时代已经过去了。我们如今是自由的人民啦，爱怎么过，就怎么过！"

玖依申脸上失去了血色，他用颤抖的指头扯掉大衣上的小钩，从口袋里掏出一张叠成四折的公文，匆忙地展开这张纸，把它高高地举在头上：

"这么说，你们是反对写着孩子应受教育、盖着苏维埃政权的印章的这份公文喽？可是，是谁给了你们土地，给了

139

你们水,给了你们自由的?说吧,谁反对苏维埃政权的法律,谁?回答吧!"

他如此响亮、如此愤怒地喊出了"回答吧"这几个字,这喊声仿佛一颗子弹,划破了温馨的秋天的静谧;仿佛一声枪响在山岩间震荡,回荡出短促的回音。谁也没说一句话。人们低垂着头,默默不语。

"我们穷人,"玖依申轻声说道,"过去受了一辈子的践踏和凌辱。我们生活在黑暗里。今天,苏维埃政权想让我们看见光明,让我们学读书,学写字。为了这,就得教孩子们念书……"

玖依申有所期待地打住了话头。这时,那个穿破皮袄、问玖依申什么时候变成了阿訇的人用一种和解的口气嘟囔道:

"行啊,要是你愿教,那就教吧。我们有什么呢……我们不反对法律。"

"不过,我得请你们帮个忙。我们得把山冈上那个破马房修理修理,得在小河上架一座桥,学校还需要柴火……"

"你等着吧,骑士,你未免太机灵了!"顽固不化的萨狄姆库勒截断了玖依申的话头。

他透过齿缝,吐了口唾沫,仿佛瞄准什么似的,重新眯起眼睛。

"你对全村大声嚷嚷着:'我要办学校!'可瞧瞧你自己吧——既没穿皮袄,也没骑马,地里头连巴掌大的一块耕地都没有,院子里也没有一匹牲口!你究竟打算怎么过日子呢,我的亲人儿!难道说你打算把别人的牲口偷走……只不过我们这儿没有牲口,而那些有牲口的又跑到山里去啦。"

玖依申本想回他几句尖刻话,但他抑制住了自己,轻声说道:

"我好歹总能过下去的。我会有薪金的。"

"啊,早就应该这样了!"萨狄姆库勒心满意足、得意洋洋地在马鞍上伸直了身子,"现在一切都清楚了。你,骑士,自己干自己的活儿,教孩子们念书,领自己的薪金吧。国库里有的是钱。至于我们,那就让我们安静安静吧,谢天谢地,我们自己的活儿还多得干不完呐……"

萨狄姆库勒一边说着,一边转过马头,回家去了。别的人也跟在他背后溜了。只剩下玖依申站在那儿,手中捏着那张公文。可怜他现在连自己应该上哪儿去都不知道了……

我开始可怜起玖依申来。我目不转睛地望着他,直到我叔叔走过我身边,朝我喊道:

"你这个长毛丫头,张口瞪眼地在这儿干吗,还不快滚回去!"我拔脚就去追那些孩子们,"唉,他们好跟来开会,你偏跟他们学!"

第二天,我们这群小姑娘到河边去汲水的当儿,在那儿碰到了玖依申。他手里拿着铲子、大月锄、斧头和一只旧桶,徒步涉到对岸。

打这天起,每天早晨,玖依申那穿着黑呢军大衣的孤独的身影,都出现在通往山冈的那座没人要的破马房的小径上。直到傍晚时分,玖依申才走下山冈,朝村子走去。我们经常看见他背着一大捆树枝或稻草。人们远远地一发现他,就站起身来,用手搭在眼睛上,吃惊地交谈起来:

"喂,那个背着一大捆东西的人是玖依申老师吗?"

"是他。"

"唉,可怜的人。看来,老师这个差事做起来也不容易啊。"

"可你以为怎么样。背得多重,简直像老爷家的长工了。"

"可你听他讲讲,真挺棒!"

"哼,这是因为他手里有一张盖着印的公文:力量就在这张公文上。"

有一次,我们背着满满的几袋通常在村子上方的山脚下拾来的干牛粪回来,顺路拐到学校去了一趟:我们很想看看老师在那儿做些什么。这个破黏土棚过去是个大牧主的马房。冬天,地主把在阴雨天生马驹子的牝马放在这儿。苏维埃政权建立了以后,地主逃到别的地方去了,马房就这么留了下来。谁也不上这儿来,周围长满了牛蒡和刺丛。可是现在,连根铲掉的杂草摆在一边,一堆一堆的,院子打扫得干干净净。坍塌了的、被雨水淋坏了的墙壁,已经用黏土重新抹过,而那扇歪斜的、干裂的、总是在一个合页里晃荡的门,如今已经修好,并且稳稳地装好了。

我们把粪袋放在地上,打算歇息一会儿,这时,浑身泥污的玖依申从门里走了出来。他看见我们,吃了一惊,随即温和地一笑,擦去了脸上的汗珠。

"姑娘们,你们从哪儿来?"

我们坐在地上的粪袋旁边,惶惑地你看看我,我看看你。玖依申明白我们是害羞,不好意思说话,就鼓励地向我们递了个眼色:

"这些口袋比你们自己还大哩!孩子们,你们到这儿来看看,这太好了,要知道,你们将来就要在这儿学习。而你们的学校,可以说,已经差不多准备好了。我刚在屋角里装了个炉子样的玩意儿,还安了截烟囱,直通到屋顶上,你们瞧!现在只剩下准备过冬的柴火了。不过这也没什么——周围的树枝多得很。咱们只消在地板上多铺点稻草,就可以开学了。喂,怎么样,你们愿学习吗,愿到学校里来吗?"

我比我那些女伴们大一些,因此,我拿定主意回答道:

"要是婶子放我,我一定来。"我说。

"怎么会不放呢,当然会放的。你叫什么名字?"

"阿尔狄娜依。"我一边回答,一边用手掌遮住从裙边上的一个窟窿里露出来的膝头。

"阿尔狄娜依——这名字很好。"他微微一笑,这微笑那么亲切,让你心里感到温暖,"你是谁家的孩子?"

我没有做声,我不喜欢人家可怜我。

"她是个孤儿,住在叔叔家。"女伴们偷偷地告诉了他。

"那就这样吧,阿尔狄娜依,"玖依申又对我微微一笑,"你把别的孩子们也带来上学,好吗?还有你们,姑娘们,也要来。"

"好吧,叔叔。"

"你们就叫我老师好啦。想看看学校吗?进来吧,别怕。"

"不去了,我们要走啦,该回家啦。"我们不好意思起来。

"那好,回去吧。往后来上学的时候再瞧瞧吧。现在趁天没黑,我还要去拾一趟树枝。"

玖依申拿了一根绳子,一把镰刀,就到旷野里去了。我们也站起身来,把粪袋背在背上,快步朝村子走去。我脑中忽然闪过一个突如其来的念头。

"等一下,姑娘们,"我朝女伴们大声喊道,"咱们把这些干粪块都倒在学校里吧,这样,学校里过冬的燃料就会多一点。"

"那叫我们空着手回家去吗?嗨,你可真聪明!"

"那我们再回去捡点。"

"不行,那就太晚啦,家里要骂的。"

于是,姑娘们不再等我,急急忙忙地回家去了。

直到现在我仍然不明白,是什么力量驱使着我在那天拿定主意做了这件事。不知是因为那些女孩子不听我的话,我有些见怪她们,因而决定坚持自己的意见呢,还是因为从小小的年纪起,我的意志、我的愿望就在粗鲁的人们的呵斥和拳打脚踢下被埋葬了,因而我忽然想用某种行动来报答一下这位实际并不相识的人,为了他那温暖了我的心灵的微笑,为了他对我表示的小小信任,为了他那些亲切的话语。我清楚地知道,而且确信,我今天的命运,我整个儿充满了欢乐又充满了痛苦的生活,正是从那一天,从那一袋干牛粪开始的。我这样说,是因为在那一天,我有生以来第一次毫不犹豫、毫无畏惧地决定了并且做了我认为应该做的事情。当女伴们离开我以后,我跑回玖依申小学,把袋里的粪块倒在门后,立刻拼命奔下山冈,沿着谷地和山沟重新拾粪去了。

我漫无目的地奔跑着,仿佛精力过于旺盛而无处发泄,我的心在胸腔里跳跃得如此欢腾,仿佛我建树了一桩最最伟大的功勋。太阳仿佛也知道为什么我这样幸福。是的,我相信太阳知道为什么我跑得如此矫健,如此自由。因为我做了一件小小的好事。

太阳已经逐渐往山后沉落下去,但我觉得,它在缓缓地拖延时间,不愿隐没,它想把我看个够。它装饰了我的道路:在我脚下展开了一片沐浴在深红、粉红和淡紫三色中的微呈枯萎的秋天的土地。干枯的芨芨草的花序好像闪烁的火花在周围飞舞。太阳火一般地照射在我那件打满补丁的短棉袄的镀银纽扣上。我仍旧一个劲地往前跑,心里暗暗地在向大地、向天空、向秋风欢呼:"瞧瞧我吧!瞧我多么自豪啊!我要学习啦,我要去上学,而且还要带别人一块儿去!……"

我不知我这样跑了多久,不过后来我忽然想起:应该拾粪啦。事情偏又这么奇怪:整个夏天,有多少牲口在这儿溜达啊,在这儿,每走一步,都会发现不少干粪块儿,可是现在,它们仿佛被大地吞噬了似的,难以找到了。也许,只是因为我没有去找?我从这里跑到那里,跑得越远,找得越少。当时我想,天黑以前我准来不及拾满粪袋了,于是我吓得要死,在芨芨草丛里匆匆地走来走去,勉勉强强拾了半袋。此时,落日已经西沉,谷地里很快就黑暗下来。

我从来还没有在这么晚的时候一个人在旷野里待过。夜的黑色的羽翼悬挂在杳无人烟、万籁俱寂的丘陵上空。由于恐惧,我完全忘记了自己,把粪袋往肩上一搭,拔脚就往村里跑。我怕得要命,甚至想大喊起来,大哭起来。可是,多么奇怪,一个无意识的念头止住了我:要是玖依申老师看见我这么软弱,他会说什么呢?于是,我一面严禁自己再回头多看一眼,一面硬撑着没有哭喊出来,就好像老师真的在我后面看着我似的。

我上气不接下气地跑回家里,浑身是汗,满身污泥。我大口大口地喘着气,跨过门槛。坐在火旁的婶子站直身子令人恐惧地迎着我走来。她是个又凶狠又粗野的女人。

"你这是钻到哪儿去啦?"她走到我跟前,我还没来得及说一句话,她就从我肩上抢过粪袋,把它摔在一边,"这就是你一整天拾的粪吗?"

原来,我那些女伴向她搬弄了许多是非。

"唉,你这个黑毛小畜生!是什么东西把你支使到学校去的?你为什么不死在那儿,不死在那个学校里!"婶子一把揪住我的耳朵,用力捶我的头,"唉,你这个没爹没娘的小坏蛋!狼崽子永远变不了狗。别人的孩子都把东西往家送,可你——倒往外拿。我叫你去看学校,只要你敢走近一步,我就敲断你的腿。你给我好好记住这个学校……"

起初,我不做声,我只是极力忍住叫喊。可是后来,当我照管炉火的时候,我无声地、悄悄地哭了,一面轻轻地抚摸着我们那只大灰猫。顺便说一句,这只猫什么都知道,每当我哭的时候,它就跑到我膝头上来。我哭不是因为婶子打我——这些我早就习惯了——我哭是因为我明白:婶子无论如何也不会让我去上学……

这事之后过了两天,一大清早,村里的狗就不安地汪汪吠叫起来,传来了扰攘的人声。原来,这是玖依申在挨家挨户召集孩子们上学。当时还没有街道,我们那一栋栋窗户窄小、不透光线的灰色小土房,杂乱无章地散落在村子各处,每个人都住在自己认为应当住的那个地方。玖依申和一群闹嚷嚷的小孩从这个院落走到那个院落。

我们家住在村子边上。我和婶子正好在用木钵碾稷子米,我叔叔正把埋在板棚旁边一个大坑里的小麦刨出来,打算运到市场上去当种子卖。而我们,活像两个槌工,轮流用沉甸甸的槌子敲打着。不过,我还是来得及偷偷地溜一眼老师走远了没有。我怕他不上我们家来。虽然我明明知道我婶子不会让我去上学,但我仍然希望玖依申上这儿来,哪怕是来看看我怎样生活也好。因此,我在心里暗暗地祈求老师,可别还没上我们家就转回去。

"您好,女主人,愿真主帮助你们!要是真主没来帮忙,那我们这一群来帮忙好啦,您瞧瞧,我们有多少!"玖依申开玩笑地和婶婶问过好,自己身后跟着一群未来的学生。

她嗯了一声作为回答,而我叔叔在坑里连头都没抬一下。

这并没有窘住玖依申。他煞有介事地坐在院子当中的一截木头上,拿出铅笔和纸:

"今天我们学校要开始正式上课了。你们的女儿多大啦?"

婶子一句话也没回答,恶狠狠地把槌子扔在研钵里。她好像不打算谈下去。我心里忽然紧缩起来:这一下怎么办呢?玖依申望了我一眼并且微微一笑。正像那次一样,这令我感到无限温暖。

"阿尔狄娜依,你多大啦?"他问。

我没敢回答。

"你干吗要知道,难道你是检察官不成!"婶子勃然大怒地嚷了起来,"她不去上学。像她这种孤儿没有上学的份儿,那些有爹有娘的还没上哩。你把他们吆喝到一起,赶到学校去吧,这儿可没你的事。"

玖依申跳了起来:

"您想想,您这是说的什么话!难道她是个孤儿也有错吗?再不,就是有这种法律,说孤儿不准上学?"

"我不管你的什么法律不法律,我有我自己的法律,你也别来指教我!"

"我们的法律只有一种。如果你不要这个女孩,那我们要她,苏维埃政权要她。要是你想反对我们,那我们就得给你点儿教训!"

"哟,从哪儿跑来这么个当官的呀!"婶子两手叉腰,威吓地吼道,"依你说,谁应该使唤她呢?是我供给她吃,供给她喝,还是你这个流浪汉的儿子,你这个流浪汉呢?!"

如果这时,我那赤膊露背的叔叔不从坑里出来,谁也不知道这一切该怎么了结。他不能容忍老婆多管闲事,完全忘记了家里还有个丈夫,还有个一家之主。为此他曾毫不留情地揍过她。看来,这一次他也火冒三丈。

"好啊,死婆娘,"他一面恶狠狠地骂着,一面从坑里爬出来,"打什么时候起你成了一家之主的?打什么时候起你发号施令起来啦?少废话,多干活儿。而你,塔什坦别克的儿子,把她带走,愿教她就教她,愿烤她就烤她吧。好啦,走开吧!"

"好啊,原来是这样,她倒可以成天在学校里游游荡荡,可家里呢,家里的活儿谁来做呢?全让我一个干吗?"婶子开始号叫起来。

可是叔叔大声喝住了她:

"我说了算——算!"

这可真是因祸得福。就这样,我命中注定了第一次去上学。

从这天起,每天早晨,玖依申都挨家挨户地来喊我们。

当我们第一次来到学校的时候,老师让我们坐在铺着稻草的地上,给每人发了一个小本子、一支铅笔和一块小木板。

"大家把小木板放在膝头上垫着写字,这样比较方便些。"玖依申解释道。

随后,他指了指贴在墙上的一个俄罗斯人的照片。

"这是列宁!"他说。

我一辈子都记得这张照片。后来,不知为什么,我再也没见过这张照片,我暗暗把照片上这个人称作"玖依申式的人"。照片上的列宁穿着一套有点儿肥大的制服,面容清癯,满脸胡子。他那只受伤的手吊在绷带里,一双亲切的眼睛,从扣到后脑勺上的制帽底下十分安详地望着前方。它们那柔和、温存的目光好像在对我们说:"孩子们,要是你们知道等待着你们的是怎样美好的未来,那该多好!"在那静静的时刻,我仿佛觉得,事实上他的确是在思考着我们的未来。

根据各方面来看,玖依申早就保存了这张用普通宣传画纸印就的照片——照片上到处是折痕,边缘已经磨破。可是,除了这张照片之外,学校的四堵墙上再没有别的东西了。

"孩子们,我教你们读书,教你们数数,教你们怎样写字母,怎样写数目字。"玖依申说道,"我知道多少,就教你们多少……"

的确如此,他把他所知道的都教给了我们,在教的时候表现了惊人的耐心。他在每一个学生上方俯下身子,示范给他们看,应该怎样拿笔,随后,就极其生动地给我们解释那些不懂的单词。

此刻我想到这件事,禁不住万分惊奇:这个识字不多的小伙子,自己读音节的时候还感到吃力,手边一本教科书也没有,甚至一本最普通的初级识字读本都没有,他怎敢担当起这样一桩真正伟大的事业!这些孩子们的祖宗三代都不识字,教他们念书难道是闹着玩的吗?自然,玖依申对教学大纲和教学方法没有丝毫概念。更确切些说,他压根儿没想到有这些东西。

玖依申尽他所能,尽他所会地教着我们,他把他认为有用的东西都教给了我们。我深信,他的真诚正直,他干起活来的冲天干劲没有白费。

他自己并不知道他建树了丰功伟业。是的,这的确称得上丰功伟业。因为在那些日子里,我们这些除了村子这个小天地外,哪儿也没去过的吉尔吉斯的孩子们,忽然在学校里——如果可以这样称呼那个到处是裂缝的黏土房,打那些裂缝里往往可以看见白雪皑皑的山巅——看到,在我们面前,展开了一个先前从未听说过、从未看见过的崭新的世界。

就是那个时候,我们才知道有个莫斯科城,那儿住着列宁。这个城市比阿乌里艾阿塔,甚至比塔什干还要大好多倍;才知道世界上有海,大极了大极了,就跟塔拉斯盆地那么大;海上航行着一艘艘像山那么庞大的船只。我们也知道了从市场上运来的煤油是从地底下开采出来的。因此,那时我们就已确信,只要人民的生活富裕一些,我们的学校就会设在一所有大窗子的白色的大楼房里,学生们将会坐在桌子后面学习。

我们刚刚学了几个字母,还不会写"妈妈""爸爸",就在纸上描出了"列宁"的字样。我们的政治词典是由这样一些概念组成的:如"大牧主""雇农""苏维埃"。一年以后,玖依申答应教我们写"革命"这个词。

我们一面听着玖依申讲,一面想象着跟他一起在战场上和白军战斗。他谈到列宁的时候特别激动,好像他亲眼见过似的。他讲的那些故事,照我今天的理解,其中有许多是民间编来歌颂伟大领袖的传说,但是对于我们,对于玖依申的学生,这一切都是如此真实,真实得就跟牛奶是白的一样。

有一次,我们开门见山地问:

"老师,您和列宁握过手问过好吗?"

当时,我们的老师沮丧地摇了摇头:

"没有,孩子们,我从来没有见过列宁。"

他负疚地叹了口气,在我们面前感到很不自在。

每到月末,玖依申就到乡里去办自己的事情。他步行到那儿,过两三天再回来。

在这样的日子里,我们是多么想念他啊。即便我有个亲哥哥,我大概也不会如此焦急地等待他的归来,像等待玖依申那样。为了不让婶子发觉,我经常偷偷地跑到后院,久久地痴望着草原和大路:什么时候才出现背着背囊的老师哟!什么时候才看得见他那温暖心灵的笑容哟!什么时候才听得到他那传授知识的话语哟!

在玖依申的学生中我的年龄最大。可能就是这个原因,我比别人都学得好些,虽然我觉得并不单单因为这一点。老师讲的每一句话,写的每一个字母,对我来说都是神圣的。因此,对我来说,世界上再没有比弄懂玖依申老师教的东西更重要的事了。我把他发给我的练习本珍惜地保存起来,因此,我用镰刀尖在地上、用煤块在炉子上、用树枝在雪地上和满是灰尘的路上描画字母,学写单词。而且,对我来说,世界上再没有比玖依申更有学问、更聪明的人了。

冬天临近了。

初雪飘落以前,我们是徒步涉过一条在山冈下喧闹的、布满石子的小河而来到学校里的。可是后来,涉过这条小河却成为难以忍受的痛苦的事——冰冷的河水冻坏了脚。年纪小的孩子们特别受不了,他们甚至流出了眼泪。这时,玖依申只得抱着他们涉过小河。他背上背一个,手中抱一个,就这样一个一个地把所有的学生都抱过河去。

此刻,当我回忆这件事的时候,我简直不敢相信,这一切当时正是这样的。可是在那个时候,不知是由于无知呢,还是由于轻率,人们都嘲笑玖依申。特别是那些在山里过冬、只是到这儿来磨面粉的有钱人嘲笑得更厉害。有好几次,他们和我们一齐走过浅滩旁边,一个个戴着有护耳的红狐皮帽,穿着华丽的羊皮袄,骑着膘肥体壮的大烈马,耀武扬威地走过我们身边,用眼睛瞪着玖依申。其中一个人推了推走在前面的伙伴,嘲笑地说:

"瞧,背上背一个,手中抱一个!"

于是,另一个一面吆喝着打着响鼻的马,一面补充说:

"唉,我真恨不得找个地缝钻进去,先前竟不知道该讨个这样的人来做小老婆!"

接着,他们故意往我们身上溅满水滴和马蹄底下飞溅起来的污泥,就哈哈大笑着扬长而去。

当时,我多么想去追赶这群愚昧的人,抓住衔铁旁边的马缰绳,对准他们好挖苦人的嘴脸大声喊道:"不许这样嘲弄我们的老师!你们这群蠢货,这群坏蛋!"

但是,谁会理睬一个唯命是从的小姑娘的怒吼呢?我只好把屈辱的热泪吞进肚里,可玖依申却好像根本没有觉察到这种凌辱,好像压根儿就没听到这样的话。而且,他还想出一个什么笑话或者说几句俏皮话,逗得我们哈哈大笑,忘记了一切烦恼。

无论玖依申怎样想尽办法,都没有弄到几根搭条小桥的木料。有一天,我们从学校出来,并把孩子们送过河,我便和玖依申留在岸边。我们决定用石块和草根土铺条小路,以免踩湿了脚。

如果公平地评判一下,那么只消我们村的人集合起来,往急流里架上两三棵树干,瞧吧——给小学生上学的桥就搭成了。可事情并不如此。在那些日子里,老百姓由于自己的愚昧无知,认为学习没什么意思。至于玖依申,他们最多不过把他看成一个因为无事可做而成天和孩子们瞎混的怪人。你乐意——就教教,不乐意——就把他们撵回家去。他们自己骑在马上,用不着涉水过河。当然,不管怎么说,我们的老乡毕竟应该仔细想想,这个既不比别人差、也不比别人笨的年轻小伙子为了什么,他究竟为了什么要忍受着各种艰难和困苦,忍受着各种讥笑和凌辱而来教育他们的孩子,而且还表现得如此非凡的顽强,如此超人的坚韧呢?

我们在急流中铺石头的那天,地上已经落了一层雪,河水冰彻骨髓,冻得透不过气来。我简直无法想象玖依申是怎么忍受的,何况他是打着赤脚毫不停歇地搬呀铺呀。我在河里艰难地迈着步子,河底仿佛布满了烧得通红的煤块。当我走到河中央的时候,我的腿肚子忽然使劲地抽搐了一下。我既不能喊叫,也不能伸直身子,便慢慢地倒进水里。玖依申立刻扔掉石头,跳到我跟前,抱起了我,把我带到岸边,让我坐在他的大衣上。他一会儿搓搓我那发青的、麻木了的双脚,一会儿把我那冻僵了的双手握在自己的手心里,一会儿又把它们放到嘴边,不停地哈着气,好让它们暖和过来。

"别去了,阿尔狄娜依,就坐在这儿暖和暖和吧。"他喃喃地说,"我自己对付得了……"

石头通道最后终于铺好了,这时,玖依申一面穿上靴子,一面望着头发蓬乱、冻得直打哆嗦的我,微微一笑:

"喂,怎么样,小助手,暖和过来了吗?把大衣披在身上吧,这就对啦!"他沉吟了一会儿,问道,"阿尔狄娜依,上次是你在学校里留下一袋干粪块的吗?"

"嗯。"我答道。

他用嘴角微微一笑,仿佛对自己说似的:"我正是这样想的!"

我记得,那时我的双颊火烧火燎的:这么说,老师知道而且没有忘记这件不值一提的小事。我感到幸福,仿佛上了七重天,而玖依申也理解我的快乐。

"我的明净的小河啊,"他一边说,一边温柔地抚摸着我,"你的天资好极了……唉,要是我能送你到大城市去学习该多好。你将会成为一个怎样的人啊!"

玖依申急遽地向岸边迈了一步。

如今,他当年那副站在喧闹的布满石子的河边,双手盘在脑后,用那对高瞻远瞩的明亮的眼睛凝视着被风赶往山头的白云的形象,依然浮现在我的眼前。

他那时在想什么?也许,是沉醉在送我到大城市去学习的幻想里?而我当时却裹在玖依申的大衣里,心想:"要是老师是我的亲哥哥该多好！要是我能扑进他的怀里,紧紧地搂住他的脖子,眯缝起眼睛,在他耳边喃喃地诉说一些世界上最最动人的话语,那该多好！天哪,让他做我的哥哥吧！"

我们当时都那么热爱自己的老师,大概是因为他懂人情,又善良,对我们的未来怀着美好的理想。虽然我们是孩子,但我认为我们当时都懂得这一点。我们每天走这么远的路,爬这么陡峭的山冈,被风呛得喘不过气来,经常被埋进雪堆里,是什么东西强迫我们这样做吗？是我们自己去学校的。谁也没有赶我们去。谁也没有强迫我们坐在这间冰冷的草棚里挨冻,在这里,人们呼出来的气立刻在脸上、手上和衣服上凝结成一层白霜。我们只允许自己轮流在火炉边取取暖,其余的人仍然坐在自己的座位上,听着玖依申讲课。

在一个这样寒冷的日子里——我现在还记得,是一月末——玖依申挨家挨户地走了一圈,把我们召集来,跟往常一样,领着我们到学校去。他一声不响地走着,样子非常严肃,紧蹙着鹫翼一般的双眉,面孔仿佛是用黑色的锻铁铸成的。我们从来没有见过老师有这样的神情。我们望着他,也不敢出气;我们感觉出发生了什么不幸的事了。

往常,每当路上碰到大雪堆的时候,玖依申总是亲自开辟出一条通路,我跟在他后面,其余的人则跟在我后面。而这一次,山脚旁一夜工夫堆了许多积雪,而玖依申却径自往前走去。有时候,你光看一个人的背脊,就能立刻洞察他的心情怎样,他心里的感受如何。当时就是这样,非常明显地看出,我们的老师沉浸在深深的悲痛之中。他低垂着头,艰难地拖着脚步,直到现在我还记得那黑白交替出现的悲惨景象:我们一个跟着一个朝山冈慢慢走去,玖侬申的背脊在黑色的军大衣下伛偻着,在他上面的悬崖陡壁上,无数白皑皑的雪堆,像骆驼的峰脊似的拱着腰,再往上一点,一片孤独的乌云在混沌的白色天幕上泛着黑色。

当我们来到学校后,玖侬申没有去生炉子。

"大家站起来。"他命令道。

我们全站了起来。

"把帽子摘了。"

我们顺从地摘下帽子,他也摘下了那顶红军呢制帽。我们不明白这是为什么。后来,老师用嘶哑的、断断续续的声音说:

"列宁去世了。全世界的人们现在都在哀悼,你们也站在自己的位置上致哀吧。大家都看着这儿,看着这张照片。你们要永远记住这一天。"

我们学校变得如此沉寂,好像被一场雪崩盖住了似的。只听得朔风怎样从缝隙里呼呼地钻进,也听得见雪花落在干草上的沙沙声。

在这个时刻里,繁华喧嚣的大小城市霎时变得鸦雀无声了;震撼大地的大小工厂立刻哑然停工了;轰隆轰隆驰骋的列车也在中途止步不前了;全世界都在默默致哀——在这悲痛的时刻里,我们这几个区区之数的小学生,也屏住呼吸,和自己的老师一起,在这间被称之为学校的无人知晓的、冷冰冰的草棚里,向列宁告别,心里暗暗地把自己当作列宁最亲近的人,因而对于他的死比任何人都更感到哀痛。而我们的列宁穿着他那件有点肥大的军上衣,一只胳膊上吊着绷带,仍然像先前那样从墙上望着我们,仍然用他那明朗、真诚的目光对我们说:"孩子们,要是你们知道等待着你们的是一个怎样美好的未来,那该多好!"在那静静的时刻里,我仿佛觉得他真的在考虑着我的未来。

后来,玖依申用手擦了擦眼睛,说:

"我今天要到乡里去一趟。我去参加共产党。三天以后我就回来……"

我常常觉得,这三天是我度过的所有冬天里最最严峻的时日。仿佛有某种大自然的强大力量企图在大地上填补这位已经离开我们这个世界的伟大的位置。北风在深谷里不停地咆哮,暴风雪在漫天飞舞,冰凌在叮当作响……大自然不让自己有片刻安宁,它猛烈地扑打着,哀嚎着朝大地撞去。

我们的村落悄然无声,它静静地躺在大片大片低垂的乌云和因此而显得朦胧暗淡的山峦底下。从被暴风雪刮歪了的烟囱里,冒出几缕袅袅的炊烟,人们都躲在家里。忽而传来几声凶恶的狼嗥。那些豺狼白天厚颜无耻地盘踞在大小通道上,一到晚上,就在村子附近到处搜索,发出饥饿难忍的哀号,一直嗥叫到天亮。

不知怎么我忽然替我们老师担起心来。他只穿着一件军大衣,没有皮袄,天气这么冷,他在那儿怎么过呢?而当玖依申应该回来的那天,我简直失去了理智,变得心神不宁,坐卧不安。我常常从家里跑出来,眺望着那覆满白雪、杳无人烟的草原:看看老师是否在路上出现？但连个人影儿都没有。

"老师,你在哪儿啊？求求你,别逗留得太晚啦,快些回来吧。我们在等你,你听见没有,老师！我们在等你呀！"

但是,草原没有回答我这无声的召唤,不知怎的,我禁不住哭出声来。

我跑出跑进地把婶子惹烦了。

"让门歇会儿行不行？你坐在自己的屋子里纺纺纱去吧。孩子们全给你冻坏了。你再跑出跑进地试试看！"她伸出一个手指头威胁着我,以后就再也不让我出去了。

天已经黑了,可我仍然不知道老师回来了没有。因此我心中仍旧忐忑不安。我一会儿暗自安慰自己,说玖依申大概已经回到村里了,何况还没有出现过他在答应回来的那天没有回来的情况。一会儿又忽然觉得他病了,所以走得缓慢,又碰上大风雪,因此夜里在草原上迷路了。这一天,我干活很不顺利,做事总不顺手,纺的纱老是断线,把婶子气得要死。

"你今儿个到底怎么啦？你是木头手还是怎的?"她对我越来越凶,老是用眼角盯住我。后来,她终于忍不住了:"唉,你怎么不给我死掉！你还是把萨依卡尔婆婆的口袋送还他们去吧。"

我高兴得差点儿跳了起来。要知道玖依申刚好就住在萨依卡尔婆婆家里。萨依卡尔婆婆和卡尔坦巴依爷爷是我母亲那边的远亲。以前我常常上他们家玩,有时就住在他

们家。不知是婶子想起这个来了呢还是上天在冥冥之中启示了她,当她把口袋递给我的时候,她补了一句:

"你今天叫我腻烦死了,好比荒年的燕麦饼,见了就讨厌。去吧,要是老头子答应,你就住在那儿吧。别叫我瞅见你……"

我立刻跳到院子里。风像巫师似的发着狂:断断续续地呜咽着,随后又突然猛烈地咆哮起来,卷起大把大把冰冷的雪沙,掷到我炽热的脸上。我把口袋紧紧地夹在腋下,顺着新鲜的马蹄印,朝村子的另一头拼命跑去。脑中只有一个念头:"老师回来了没有,回来了没有?"

我跑到萨依卡尔婆婆家一看,他不在。当我屏住呼吸,站在门槛上发愣的时候,萨依卡尔婆婆大吃一惊:

"你怎么啦?干吗这么不要命地跑,出了什么不幸的事啦?"

"没有,什么事也没有。我送口袋来给你们。我今天可以留在你们这儿吗?"

"留下吧,我的小乖乖。唉,你这个没用的小东西,吓我一大跳。你为什么打秋天起就没来看我们呀?快坐到火边来,暖和暖和吧!"

"老太婆,拿点肉搁在锅里煮着,请闺女吃一顿吧。再说,玖依申也许凑巧会赶上。"卡尔坦巴依吩咐道,他坐在窗子旁边补一双旧毡靴,"他早就该回来了,唔,没什么,天黑以前他准会回来的。我们的小马驹是个飞毛腿。"

夜不知不觉地悄悄来到了窗口。我的心仿佛在守卫似的,每当远处传来猎猎的狗吠声或是隐隐的人声,它就紧张得停止了跳动。但是,玖依申依然迟迟未归。幸好萨依卡尔婆婆不停地说这说那,把时间混了过去。

我们就这么一点钟一点钟地等啊,等啊,快半夜的时候,卡尔坦巴依等累了:

"老太婆,铺床吧。他今儿个不会来了。已经太晚了。上级那儿的事儿还能少,所以把他给留下了,要不他早就到家了。"

老爷爷开始躺下了。

他们在炉子后面的角落里给我铺了一张床。但我却睡不着。老爷爷一个劲儿地咳嗽,在床上翻来覆去,半夜三更悄悄地在祷告,随后又不安地嘟囔道:

"不知我的小马驹怎么样啦?要知道,你不会白白地要来一把草料的,至于燕麦嘛,你就是有钱也买不到。"

卡尔坦巴依很快就睡着了。这时,夜风却猛烈地刮了起来,搜索着房顶,伸出毛茸茸的巴掌,翻卷着屋檐,敲打着玻璃。只听得暴风雪在屋外撞击着院墙。

老爷爷的话使我忐忑不安。我一直觉得老师一定会来,因此,我老是惦记着他,想象着他独自一人在荒凉空旷的雪地里行走。不知道我睡着了多久,我忽然被什么东西惊醒,立刻从枕头上抬起头来。一种由腹腔内发出来的鼻音在大地上空呜呜地嗥叫起来,并且在空中的什么地方回旋不绝。狼!不是一只,而是一大群。它们从四面八方彼此呼应着,迅速地聚拢了来。它们的嗥叫汇成一股单一的拖得长长的哀号,这哀号,和风声一起,在草原上缭绕回旋,忽远忽近。有时候,仿佛就在附近的什么地方,就在村边。

161

"念叨出灾祸来了!"老婆婆喃喃地嘟囔道。

老爷爷默默地倾听着,后来,他猛地跳下床来:

"不,老太婆,狼这么嗥叫不是平白无故的!它们在追赶什么。不是围住了人,就是围住了马。听见了吧。上帝啊,保佑保佑玖依申吧。要知道他这人傻乎乎的,对什么都不在乎。"卡尔坦巴依一面惊慌地说道,一面在黑暗中摸索着皮袄,"灯,点个灯来,老太婆!你倒是快点呀,看在上帝的分上吧!"

我们吓得直打哆嗦,等萨依卡尔找着了灯,等她点着了它,那盛怒的狼嗥突然一下子消失了,仿佛有一只手猛地掐断了它似的。

"追上了,该死的!"卡尔坦巴依尖声叫了起来,他立刻抓起手杖,朝门口扑去,但就在这时狗猞猁地狂吠起来。有人从窗下跑过,脚掌敲得雪地咚咚直响,他用力而焦急地敲打着门。

屋里滚进一团云雾般的东西。当云雾消散以后,我们才认出是玖依申。他脸色苍白,气喘吁吁、摇摇晃晃地跨过门槛,靠在墙上。

"枪!"玖依申脱口喊道。

可是我们好像都不明白他的意思。我两眼发黑,只听得老爷爷口中念念有词:

"祭黑羊,祭白羊!圣巴乌别金保佑!是你吗?"

"枪,给我枪!"玖依申重复道。

"没有枪,你怎么,要上哪儿去?"

老爷爷和老婆婆攀住玖依申的肩膀。

"给我根棍子吧!"

但是老爷爷和老婆婆双双恳求道：

"只要我们还活着,你哪儿也不能去。你如果要去,最好先把我们打死吧!"

我忽然感到浑身软弱无力,就悄悄地钻进被子里。

"我来不及了,它们在家门口追上了我们,"玖依申大声地喘着气,把马鞭扔在屋角里,"马在半路上就走不动了,后来又遇到狼追,它不停蹄地跑到村口,忽然像捆柴火似的,扑通一声栽倒在地上。狼群就立刻朝它扑了过去。"

"马嘛那就不要管它啦,主要的是你活着。要不是马倒下,它们连你也会吃了的!事情这么了结,真是不幸中之万幸,谢谢救主巴乌别金。现在快把衣服脱掉,坐到火边来吧。把皮靴脱下来。"卡尔坦巴依急急忙忙地张罗着,"还有你,老太婆,有什么吃的,快给热一下吧。"

他们在火边坐了下来,这时,卡尔坦巴依才如释重负地松了口气。

"唉,算了吧,在劫难逃啊。可是你干吗这么晚回来呢?"

"乡党委会的会议拖延了,卡拉凯。我入党了。"

"好极了。不过,你要是第二天一早动身就更好啦,我想,并没有人用枪托逼着你走啊。"

"我答应过孩子们今天回来。"玖依申答道,"明天一早就开始上课。"

"唉,傻瓜!"卡尔坦巴依甚至跳了起来,气得连连摇头,"你听听,老太婆,他原来给那些毛孩子许过诺言!可是,如果你因此而死了呢?你有没有好好想过你说的什么话?"

"这是我的职责,我的工作。卡拉凯。您说说别的吧:平常我都是走着去的,可这一回,真是鬼迷了心窍,向你们借了一匹马,而且把它送给狼吃了……"

"别提这事啦。丢了就丢了,一匹驽马,没什么了不起。让它做你的替死鬼吧!"卡尔坦巴依气呼呼地说,"从前我祖祖辈辈都没有马,如今我的希望绝不会落空。只要苏维埃政权在,我们还会有的……"

"说得对,老头子。"萨依卡尔噙着眼泪哽咽着说,"我们还会买一匹的……来,好孩子,趁热吃点吧……"

他们开始安静下来。可是过了一会儿,卡尔坦巴依一面拨着火堆,一面若有所思地嘟囔道:

"玖依申,我瞅你这样好像不算笨,还可以说是个挺机灵的小伙子。可我怎么也弄不明白,你干吗要办这个学校,跟这些不懂事的孩子瞎混呢?莫非你找不到别的事?你去给牧羊人当个雇工,保险你吃得饱穿得暖……"

"卡拉凯,我明白您这是为我好。但是,如果这些不懂事的孩子往后也像您这样说,为什么要办学校,为什么我们要上学,那么苏维埃政权就长不了啦。何况您是希望苏维埃政权存在,希望它巩固的。如果我能把孩子们教得更好一些,那我就不再有什么奢想了。何况列宁说过……"

"得,顺便插一句……"卡尔坦巴依打断了玖依申的话头,沉吟了片刻,说,"你老是这么难过,可你要知道眼泪是不会让列宁复活的!唉,要是世界上有这种起死回生的力量就好啦！也许,你以为别人不难过,不伤心？……你看看我肋条里边吧:我的心在冒着一缕一缕的苦烟哪。当然,我不知道这和你的政治有没有联系,不过,虽然列宁是另一种信仰的人,可我一天却给他祷告五次。有时候我想,玖依申,不管我们怎么为他难过,到头来还是于事无补。我这是按照自己的看法,按照老年人的看法来判断的:列宁永远活在人民的心中,玖依申,人们对他的敬仰和怀念会世世代代传下去的——父亲传给儿子。"

"谢谢您的这番话,卡拉凯,谢谢。您的看法很对。列宁离开了我们,我们应该按照列宁的方式来生活……"

我听着他们的谈话,仿佛从远远的什么地方慢慢地转回来了一样。起初,一切都像一个梦。我许久许久都没法使自己相信,玖依申平平安安地活着回来了。随后,一股不可遏止的、难以抑制的欢乐,像一道湍急的春汛,迅猛地涌进了我那从桎梏下解脱出来的心田。我在这欢乐的热流中感到陶醉,禁不住放声大哭起来。也许,从来还没有人像我这样快乐过。在这一刻里,对于我来说,任何东西都不存在了:小土房也好,暴风雨的黑夜也好,在村边撕裂卡尔坦巴依那独一无二的驽马的狼群也好,一切的一切都不存在了！我的心,我的理智和整个生命都感觉到一种像宇宙般无边无际的、罕见的幸福。我蒙住头,捂住嘴,免得哭声被人听见。但是玖依申问道:

"是谁在炉子后边悄悄地哭？"

"是阿尔狄娜依,刚才把她吓坏了,所以这会儿哭了。"萨依卡尔老婆婆说。

"阿尔狄娜依？她从哪儿来的？"玖依申从他坐着的地方蹦了起来，跪在我的枕边，抚摸着我的肩头，"你怎么啦，阿尔狄娜依？你为什么哭？"

而我却朝墙转过脸去，哭得更凶了。

"你怎么啦，亲爱的，你干吗怕得这样？难道可以这样吗？何况你是大孩子了……好了，看看我吧……"

我紧紧地搂着玖依申，把热泪纵横的脸搁在他的肩上，忍不住大声嚎啕起来，完全失去了自制力。快乐像寒热病似的攫住了我，我无力把它摔开。

"唔，她好像吓得魂不附体了！"卡尔坦巴依神色不安地说道，一面从薄毡上站起身来，"喂，老太婆，给她念几句咒语吧，快点儿……"

他们大家忽然惊慌起来。萨依卡尔一面念着咒语，一面往我脸上忽而洒几滴冷水，忽而洒几滴热水，又用水蒸气熏我，自己也跟着我哭作一团。

唉，如果他们知道我的魂是由于巨大的快乐才"不附体"——我无力说明这种真情，再说，我大概也不会说——那就好啦。

冬天迁移到山隘后面去了。天空飘浮着朵朵春天的蓝云。一股股温暖的气流，从已经解了冻的、胀膨膨的平原上飘进山里，带来了大地回春的气息和鲜牛奶的香味。雪堆已经融化，山中的冰块也开始解冻，溪水在淙淙地欢唱，一路拍溅着，迸涌出无数疾遽的、有摧毁一切能力的支流，在被冲毁了的峡谷里喧闹不休。

也许，这就是我青春年华的第一个春天。不管怎样，我总觉得这个春天比以往的春天都美。从我们学校所在地的山冈上往四野眺望，眼前立刻展现出一片美妙迷人的初春景色。大地仿佛摊开了双臂，从高山上飞奔而下，无力止住前进的脚步，径直驰往银光闪闪的草原远方。草原沐浴着阳光，笼罩在轻柔的、梦幻般的烟雾中。在远处什么地方，解了冻的湖泊泛着蓝色，从那儿传来了马群的嘶鸣；雁群掠过天际，翅膀上缀满朵朵白云。这雁群从哪儿飞来，它们用如此令人难受、如此嘹亮的声音把心儿召向何处？……

随着春天的到来，我们过得也比以前快乐了。我们想出各种各样的游戏，无缘无故也会哈哈大笑起来；放学后，我们从学校一路跑到村口，高声地彼此呼唤着。婶子不喜欢这样，因此她不放过任何一个骂我的机会：

"你倒会蹦出蹦进的，蠢货。老得嫁不掉的。别人家的姑娘像你这么大早就出了嫁，添人进口了，可你……倒找了个开心事儿——上学去……等着吧，我会来好好收拾你的……"

说句老实话，我并不太把婶子的威吓放在心上：这又不是什么新鲜事——一辈子就会骂人。至于说，我老得嫁不掉——这就太不公道了。我不过在这个春天长高了。

"你还是个毛头毛脑的小姑娘呐，"玖依申笑着说，"好像还是个火红头发的毛丫头！"

他的话一点也没叫我生气。当然啦，我暗自想道，我是个毛丫头，但不管怎么说，我的头发不完全是火红色的。当我长大以后，我会变成一个真正的闺女，那时候，难道我还

167

会是这副模样吗？让婶子那会儿来看看我有多漂亮吧。玖依申说，我的眼睛亮得跟星星一样，我的脸蛋儿也长得非常开朗。

有一天，我从学校跑回家来，看见院子里拴着两匹别家的马。从马鞍和挽具看来，马主人是从山里来的。早先也有过这种情况，他们赶集回来顺路拐到我们家来，或者到磨坊去磨面。

我还在门槛上就听见婶子那刺耳的假惺惺的笑声："咳，亲侄儿啊，你别发愁，穷不了的，等你得到了心上人，提起我来你就会千恩万谢啦。嘻——嘻——嘻！"回答她的是一阵咿咿唔唔、嘻嘻哈哈的笑声。当我跨进门槛的时候，他们马上闷声不响了。薄毡上铺了一张桌布，旁边坐着一个笨重得像个树墩的红脸大汉。他从那顶遮在脑门上的狐皮帽子底下偷偷地瞟了我一眼，咳嗽了一声，随后就垂下了眼皮。

"啊，好闺女，回来啦，进来吧，亲爱的！"婶子得意地微笑着，温柔地冲我说。

叔叔也和一个我不认识的陌生人坐在薄毡的那头，玩着牌，喝着伏特加，吃着羊肉粥。俩人都喝得醉醺醺的，当他们出牌的时候，脑袋不知怎么怪里怪气地摇晃着。

我们的大灰猫轻脚轻手地走到桌布跟前，冷不防叫红脸大汉用骨节粗大的指头朝它头上使劲戳了一下，疼得它怪声怪气地尖叫起来，立刻跳到旁边，躲到屋角里去了。啊，它多疼哪！我真想走开，只是不知道该怎么办。正在为难的时候，婶子挽救了我：

"好孩子,"她说,"锅里有饭,趁热快吃去吧。"

我出来了,但我很不喜欢婶子的这种做法。我心里开始感到不安,不由自主地戒备起来。

两个钟头之后,来客才骑上马,回山里去了。婶子又像平常那样咒骂起我来,我心里反而感到轻松了:"这就是说,她刚才只不过因为喝醉了才变得那么温和。"我判断道。

这事过后不久,有一天,萨依卡尔老婆婆忽然到我们家来了。我在院子里,但却听见她说:

"你怎么啦,上帝保佑你吧!你这是断送她。"

婶子和萨依卡尔老婆婆彼此争先恐后地争辩着,激烈地争吵起来,后来,老婆婆怒冲冲地离开我们家,朝我投来又气又怜的一瞥,默默无言地走了。我心里很不自在。她为什么要那么看我一眼,我什么地方得罪她啦?

第二天在学校里,我马上发现玖依申露出一副怏怏不乐、心事重重的样子,虽然他极力不想表露出来。我还发现,不知为什么他一直不看我这一边。放学后,当我们一个接一个地走出学校的时候,玖依申叫住了我:

"等一下,阿尔狄娜依。"老师走到我跟前,定定地看着我的眼睛,把手放在我的肩上,"你别回家了。你明白我的话吗,阿尔狄娜依?"

我吓得面无人色。直到这时,我才明白婶子想对我做些什么。

"我自己对你负责,"玖依申说,"目前你就和我们住在一起吧。别离开我太远。"

169

大概,我吓得失掉了常态。玖依申托住我的下巴,看着我的眼睛,像往常一样笑了一下。

"你别怕,阿尔狄娜依!"他笑了起来,"只要我和你在一起,你谁也不用怕。好好学习吧,像先前一样到学校来,别胡思乱想……不然的话,我就会把你看成胆小鬼啦……对啦,顺便说一件事,我早就打算告诉你的,"显然,他想起了什么可笑的事,又笑了起来,"你记得不,那天卡拉凯一大清早就爬了起来,不知跑到什么地方去了。后来我看见他领了个人来。你猜是谁?原来是那个老巫婆扎依娜柯娃。'领她来干什么?'我问。'让她来念念咒,打打鬼,要不,阿尔狄娜依的魂就附不了体啦。'我对他说:'快把她赶走吧,非有一只羊打发不走她,而我们又没那些钱。给她匹马吧,也不行,马已经送进狼肚子里啦……'你当时还没有睡醒。就这样,我把她给赶走啦。后来,卡拉凯整整一个星期没有理我,生气啦。'你啊,'他说,'把我这个老头子整得好窘哪。'不管怎么说,这老两口都是好人,少有的好心肠。好啦,现在回家去吧,走吧,阿尔狄娜依……"

不管我怎样努力控制自己,想不让老师白白地为我担惊受怕,可是,忧郁不安的念头始终萦绕在我的心头。更何况,任何时候婶子都可能到这里来,用武力把我抢走。回到家里,他们就可以任意糟蹋我,村里的任何一个人都不会来制止他们这样做。我一夜都没有合眼,单等着大难临头。

玖依申当然理解我的心情。大概,为了驱走我的愁思,他第二天带了两棵小树苗儿到学校来。放学后,他牵着我的手,把我领到一旁:

"现在,阿尔狄娜依,咱们来做一件事儿。"他神秘地微笑着说,"这两株小白杨是我为你带来的。我们把它们栽在这儿。当它们生根发芽、长成青枝绿叶的大树时,你也长大成人了。你心地善良,天资聪慧,我总觉得你会成为一个有学问的人。我相信这点,你瞧着吧,你命中注定就该这样。你现在还是棵嫩生生的小树苗儿,就跟这两株小白杨一样。来,阿尔狄娜依,咱们就把它们栽在这儿吧。祝你在学习中获得幸福,我的明亮的小星星……"

这两株嫩生生的、多茎的、灰蓝色的小杨树跟我一般高。我们把它们栽在离学校不远的地方。当微风从山麓下袭来的时候,首先吹拂它们那还十分稚嫩的叶片,仿佛给它们注入了无穷的生命力。树叶儿在颤动,树枝在摇摆……

"瞧,多好啊!"玖依申退后几步,笑着说,"现在咱们从那股山泉引一条沟渠到这儿来。往后你瞧吧,它们会长成多么雄伟挺拔的两棵大杨树,像两兄弟似的,并排儿屹立在山冈上。它们将永远在人们的视野之内,让人们感到高兴,感到喜悦。那时候生活将会是另一个样,阿尔狄娜依,一切美好的东西还在前面呐……"

直到现在,我仍然找不到任何言辞足以表达玖依申的高尚行为使我深受感动的那种心情于万一。当时我只是站着,呆呆地望着他,仿佛我头一次发现他的脸是这样开朗、这样英俊,他的眼睛是这样温柔、这样善良;仿佛我先前从不知道他的手劳动起来是这样灵巧,他那温暖心灵的微笑是这样明朗、这样纯洁。一种新奇而生疏的感觉,像股热流似的,从我尚未知晓的世界偷偷地涌进我的心田。我真想扑到玖依申的怀里,好对他说:"老师,谢谢你这么好……我真想拥抱你,亲亲你!"但我又不敢开口,不好意思说出这样的话。也许,当时应该……

而我们当时站在山冈上,各人想着各人的心事,头上是晴朗的天空,周围是新绿满坡、春意盎然的山峦。那时我完全忘记了大祸临头的威胁,不再去想明天等待着我的将是什么,也不再去想婶子为什么第二天还不来找我。也许,他们把我给忘了;也许,他们不想再打扰我?但玖依申却在考虑这个问题。

"你别发愁,阿尔狄娜依,咱们会有办法的。"在我们回村的当儿,他对我说,"后天我到乡里去一趟,把你的情况跟他们谈谈。说不定,能争取到送你上城里去念书。愿意去吗?"

"老师,你说的这些一定会实现的。"我答道。

虽然我想象不出城市到底是什么样子,但对我来说,玖依申的话已经足够使我向往城市的生活了。我忽而害怕那等待着我的离井背乡、人地生疏的处境,忽而又决定立刻动身上路——一句话,城市这个概念如今已经牢牢地刻在我的脑子里了。

第二天在学校里我还在想,我在城里会住在什么样的人家里。我想,只要他们收留我,我就给他们劈柴、担水、浆浆洗洗,他们叫我干什么,我就干什么。我坐在课堂上正想得出神,忽然听见我们这所破烂的学校墙外传来笃笃的马蹄声,我不禁吓得哆嗦了一下。这一切来得那么突然,马群又跑得那么快,仿佛马上就要踏碎我们的学校。我们立刻警惕起来,霎时变得鸦雀无声。

"别分心,念自己的书吧。"玖依申急促地说道。

但就在那时门哗啦一声打开了。我们看见我婶子站在门槛上,脸上露出挑衅的狞笑。玖依申走到门口:

"你有什么事?"

"关你什么事,反正你管不着。我送自己的女儿出嫁。唉,你这个死不归家的野种!"婶子一边骂着一边朝我扑来,但玖依申挡住了她的去路。

"这儿只有小学生,还不到出嫁的时候!"玖依申果断而镇静地说。

"那我们就看看吧。喂,来人哪,把她抓起来,拖出去,小母狗!"

婶子向一个骑在马上的人招了招手。那人原来就是那个戴狐皮帽子的红脸大汉。他身后跟着两个已经下了马的家伙,各人手中拿着一根又粗又沉的棍子。

老师纹丝不动地站着。

"你这条六亲不认的野狗,想把人家的闺女拐来做自己的老婆?呸,滚!"

跟着,红脸大汉就像只笨熊似的朝玖依申走来。

"你们没有权利到这儿来,这是学校。"玖依申紧紧地靠着门框说。

"我早就说过!"婶子尖声尖气地嚷了起来,"他早就跟她勾搭上了。简直跟白得来的一样,把这条母狗勾引到手啦!"

"管你妈的学校不学校!"红脸大汉挥舞着马鞭,穷凶

173

极恶地吼起来。

但玖依申赶上去止住了他。他用脚朝他的肚子上踢了一脚,那家伙哎唷了一声,就倒下了。说时迟,那时快,另外那两个拿棍子的家伙立刻朝老师扑了过去。孩子们哭喊着朝我奔来。霎时间门框被打得粉碎,我向扭打着的人群扑去,身后拖着一群吓得惊慌失措的小东西。

"放开老师,别打他!我就在这儿,把我带走吧,别打老师!"

玖依申回过头来。他全身都是血,样子又可怕又冷酷。他从地上拾起一块木板,拼命地挥舞着,大声喊道:

"快跑,孩子们,快跑回村去!快跑,阿尔狄娜依!"他叫着叫着忽然没了声音。

他的胳膊给打断了。他把胳膊按在胸前,向后退去,可那些恶棍却像群疯牛似的继续殴打着已经毫无自卫能力的他。

"打呀!打呀!骑在他头上!打死他!"

暴戾狠毒的婶子和红脸大汉跳到我身边,抓住我的辫子,把我拖到院子里。我猛地一下挣脱了他们的魔掌,就在这一刹那,我瞥见了那群吓得哭天喊地的孩子,而被打得半死的玖依申,则倒在血渍斑斑的墙边。

"老师!"

但是玖依申已经无力再帮助我。他勉强站了起来,像个醉汉似的摇晃着,想抬起荡来荡去的脑袋,而暴徒们仍旧不停地揍着他。我也被按在地上,捆住了胳膊。这时玖依申在地上滚了过来。

"老师!"

他们立刻堵住我的嘴,把我横放在马鞍上。

红脸大汉一个箭步翻身上了马,用两只胳膊和胸膛紧紧地压住我。毒打玖依申的那两个坏蛋也跳上了马鞍,婶子则在我旁边一路跑,一路搥我的头:

"这就是你的下场,这就是你的下场!我就是这么着打发你的!你的老师也完蛋啦……"

但是事情并没有就此了结。后面忽然传来一声绝望的喊声:

"阿尔狄——娜——依!"

我困难地抬起倒悬在马上的脑袋,向后看了一眼,只见玖依申跟在我们后面跑着,浑身是血,被打得遍体鳞伤,手中握着一块石头。紧跟在他后面的——则是我那又哭又喊的全班同学。

"站住,你们这些狼心狗肺的!站住!放开她,放开!阿尔狄娜依!"他一面追我们,一面喊。

暴徒们停下了脚步,那两个骑着马的家伙在玖依申周围转来转去。玖依申用牙齿咬住一只衣袖,免得断了的那只胳膊妨碍自己,他瞄准他们,扔过来一块石头,但却没有打中。于是那两个家伙就用棍子把他打到一个泥塘里去了。我的泪眼模糊了,只能隐隐约约地觉察到孩子们怎样朝老师奔去,跑到泥塘边,吓得目瞪口呆。

我不记得他们怎样带走了我,也不知道我被带到了什么地方。我在一个毡帐里慢慢地清醒过来。几颗初现的星星沉静而悠闲地窥视着敞开的拱顶。淙淙的河水在附近的什么地方喧闹着,夜阑人静,不时传来喔喔的鸡啼声。在灭了的火炉旁,坐着一个愁容满面、骨瘦如柴的老妇人。她的脸黑得跟地皮一样。我把头转到另一面……啊,要是我的目光能把他杀死该多好啊!

"黑脸婆,把她叫起来。"红脸大汉吆喝道。

黑脸妇人走到我跟前,用一只绷硬而粗糙的大手摇着我的肩膀。

"把你的对头好好制服制服吧,开导开导她。她从也好,不从也好,反正跑不了:你就直截了当地告诉她。"

他走出了毡帐。但黑脸妇人连动都没动一下,也没说一句话。也许,她是个哑巴?她那呆滞无光的眼睛仿佛冰冷的灰烬,茫然地张望着,没有一点表情。有些狗,从不点儿大起就被打得遍体鳞伤,那些没有心肝的家伙,随便抓到什么就朝它们头上打去,它们对此渐渐地也就习惯了,只是眼睛里潜藏着那么一种绝望而空虚的冷酷,令人望而生畏。我望着黑脸妇人那对僵死不动的眼睛,仿佛觉得我自己已经不再活着,而是躺在坟墓里了。如果不是潺潺的流水声,我对此就深信不疑了。河水哗哗啦啦地欢然流去——自由自在,无拘无束……

婶子,你的心好狠哪!你这个该诅咒千年万代的妖妇!让我的血泪呛死你吧!……那天夜里,我才只十五岁,就破了身……我比那个暴徒的孩子还小啊……

第三天夜里,我决定无论如何也要逃走。就算我会在路上死掉,就算他们会追上我,但我会像我的玖依申老师那样和他们拼到最后一口气。

我在黑暗中轻手轻脚地溜到门口,摸到了门,但门用鬃索绑得紧紧的,绳结打得又巧又结实,黑咕隆咚的根本没法解开。我想把毡帐架子拔起一点儿,好从底下钻出去。可是不管我怎么用力都拔不动——毡帐的外面也用鬃索紧紧地绑着。

只剩下一个办法:找个什么尖锐锋利的东西,把门上的绳子割断。我在周围摸来摸去,除了一颗不大的木钉以外,什么也没找到。在绝望中,我只好用它来掘毡帐底下的泥土。这当然是毫无希望的想法,但我已经不由自主了。我脑中只有一个唯一的念头——要么逃出去,要么死掉,只要不再听到他那哼哧哼哧的喘息声和讨厌的打鼾声,只要不再留在这儿,什么都行,死也得死在自由的天地里,死在斗争中,但决不屈服!

妾——就是小老婆。啊,我多么憎恨这个字眼啊!是谁在那些黑暗的年代里想出它来的!还有什么比身心都沦为奴隶的、作为附属品的小老婆的地位更卑贱的呢?不幸的姐妹们,从坟墓中站起来吧;起来,所有被侮辱与被损害的、失去了人的尊严的女人!起来,受苦受难的姐妹们,让那些年代的黑暗势力发抖吧!这是你们当中最后一个走向这种厄运的我在控诉!

那天晚上我并不知道我会说出这些话。我拼命地刨着毡帐底下的泥土。土地坚硬如铁,根本刨不动。我用指甲去挖,挖得指头冒血。当毡帐底下能伸过一只胳膊的时候,天已经蒙蒙亮了。狗开始汪汪地吠叫起来,左邻右舍的人家也醒来了。成群的牲畜蹄声得得地驰向饮水处,睡意蒙眬的羊群打着响鼻,从毡帐门前走过。后来,有人走到毡帐跟前,解开绑着的绳索,开始拆起毡子来。这人原来是那个沉默寡言的黑脸妇人。

这么说,村子要转移到别的地方去了。这时,我忽然想起昨天我偶然听见他们说,今天一早就离开这儿,先转移到山垭口,在那儿逗留一些日子,然后再转移到山隘后面的深山里,在那儿住一个夏天。我的心情更加沉重了——想从那儿跑掉,那就难上百倍千倍了。

我就这么呆痴痴地坐在刨过了土的地方,连动都没动一下。我有什么要隐瞒的呢,又何必呢……黑脸妇人终于发现毡帐底下的泥土给刨松了,她一句话也没说,仍旧干她自己的活儿。总而言之,她的行为就好像这一切都与她无关,好像生活中任什么东西都不能在她身上引起任何反应。她甚至不敢叫醒丈夫,不敢请他帮帮她的忙,收拾收拾好上路。他像只熊似的,埋在被子和皮袄底下,呼噜呼噜地打着鼾。

所有的毡子都卷起来了,毡帐只剩下了个空架子,我坐在里面就好像坐在一个笼子里一样。我看见,在河后面不远的地方,人们正在给犍牛和马上鞍驮。后来我看见,不知从什么地方钻出三个骑马的人,他们跑到那些人跟前,向他们打听了几句什么,就朝我们这面径直奔来。起先,我以为他们是跑来跑去地吆喝人们上路,后来再仔细一看,竟不知所措了。原来这是玖依申,另外那两个——戴着民警的制帽,军大衣上缀着红领章。

我半死不活地坐着,连叫都叫不出来。欢乐攫住了我——我的老师活着！——但与此同时,一阵空虚绝望的感觉袭上心来！我被糟践过了,我被侮辱过了……

玖依申的头和胳膊都缠着绷带。他翻身跳下马来,用脚砰的一声把门踢开,跑进毡帐,把被子从红脸大汉身上掀开了。

"起来!"他厉声喊道。

红脸大汉抬起头来,揉揉眼睛,立刻朝玖依申扑去,但马上被两个民警对准他的那干式手枪吓得软了下来。玖依申抓住他的衣领,摇晃了一下,使劲一拉,把他的脑袋拉到自己跟前。

"猪猡!"他气得嘴唇发白,喃喃地说,"现在,上你该去的地方去吧! 走!"

那一个顺从地移动了脚步,但玖依申重又抓住他的肩膀,猛地一拉,面对面地盯着他,声音嘶哑地说:

"你想像践踏一根草一样地践踏她,是吗? ……你别做梦了,你的时代已经过去啦,如今是她的时代啦,你的时代已经完蛋啦! ……"

他们让红脸大汉穿上靴子,捆起他的两只胳膊,让他坐在马上。一个民警牵着缰绳,另一个骑着马跟在后面。我骑在玖依申的马上,他走在我旁边。

当我们离开的时候,后面传来一阵野性的、非人的哀号。这是黑脸妇人跟在我们后面奔跑。她像疯子似的跳到丈夫跟前,用石头打掉了他的狐皮帽子。

"我要为我流过的血报仇,凶手!"她声音凄惨地大声喊道,"我要为我过的那些苦日子报仇,凶手! 我不放你活着走!"

大概,四十年来,她都抬不起头来。所以现在她才把积压在心中的全部愤怒、全部苦水一下子倒了出来。她那尖细刺耳的喊声在悬崖峡谷中回荡着。她忽而跑到这边,忽而跑到那边,用马粪、石头、泥块,用手边抓到的一切东西狠命地扔到吓得缩成一团的丈夫身上,一路不停地咒骂着:

"叫你走过的地方草木不长!叫你在荒山野地抛尸露骨;叫乌鸦来啄你的狗眼。上天别叫我再看见你!快从我面前滚开,恶魔!滚,滚,滚!"她大喊大叫了一阵,忽然一声不响了,后来就号啕着跑开了。头发在背后飘散着,仿佛她要甩掉这些头发似的。

闻讯赶来的邻居们骑着马追她去了。

我仿佛做了一场噩梦,脑中嗡嗡直响。我骑在马上,垂头丧气,苦闷不安。玖依申牵着马缰绳,在我前面一点走着。他也默默不语,耷拉着缠着绷带的脑袋。

过了不少时间,这倒霉的峡谷还在后面。两个民警已经走在远远的前面了,这时,玖依申才打住马,第一次抬起那双痛苦不堪的眼睛凝望着我。

"阿尔狄娜依,我没能保护住你,饶恕我吧。"他说道,随后,他拿起我的手来,贴在自己的脸颊上,"不过,即便你饶恕了我,我也永远不能饶恕自己……"

我伏在马鬃上,放声恸哭起来。玖依申站在我旁边,默默地抚摸着我的头发,等待着我哭个够。

"别哭了,阿尔狄娜依,咱们走吧。"他终于说,"听我对你说:前天我上乡里去了一趟。你就要到城里去学习了。

你听见了吗?"

我们在一条淙淙作响的、清澈见底的小河边停了下来,这时,玖依申说:

"阿尔狄娜依,下马来吧,好好洗一洗。"他从衣兜里掏出一小块肥皂,"给你,阿尔狄娜依,别舍不得。要是你乐意,我就到一边去,放放马,你把衣服脱了,在河里好好洗个澡。把发生过的一切都忘了吧,永远别再想这件事了。洗过澡后,阿尔狄娜依,你就会轻松多了。好吗?"

我点点头。当玖依申走到一边去了之后,我脱了衣服,小心翼翼地走进水里。各种各样的石子儿:白的,蓝的,绿的,红的,在河底凝视着我。迅疾的淡蓝色的河水,在脚踝边汩汩地拍溅着。我舀起一捧水,泼在自己的胸脯上。冰凉的河水流满全身。这些日子来,我第一次不由得放声笑了!笑多好啊!我一次又一次地往身上泼水,后来干脆投进河水深处。急流拼命地把我推向浅滩,我站起身来,重新跳进泡沫翻滚、浪花四溅的激流中。

"河水啊,把我这些日子蒙受的污秽冲走吧!河水啊,让我像你自己那样的干净纯洁吧!"我喃喃地说啊,笑啊,自己也不知道为什么。

为什么人的足迹不能永远留在对他们说来是那么珍贵、那么难忘的地方呢?如果我现在能找到我和玖依申从山上回来的那条小路,我一定会伏在地上,亲吻老师的脚印。这条小路对我来说,是通向一切道路的途径。使我获得新生、获得自信、并对人世产生了新的希望的那一天、那条小路、那条康庄大道啊,祝福你们……感谢那天的太阳,感谢那天的土地……

两天以后,玖依申带我到车站去。

在发生了这一切之后,我不愿再留在村里。必须在新的地方开始新的生活。乡亲们认为我这样决定很对。萨依卡尔和卡拉凯也来送我。他们跑来跑去地张罗着,像小孩子似的哭着,塞给我各式各样的大包小包,以便路上用。别的邻居,就连最好吵架的萨狄姆库勒也来和我告别。

"上天保佑你吧,好孩子,"他说,"祝你前途光明。别害怕,就照玖依申老师教导的那样生活吧……你会有出息的。"

我们学校的学生跟在马车后面跑了好久,和我久久地挥手告别……

和我一块儿走的还有几个孩子,他们也是被送到塔什干保育院去的。有一个穿皮短外衣的俄罗斯女人在车站上等我们。

后来,我曾经乘车经过这个坐落在崇山峻岭中、覆盖着白杨树阴的小车站好几次。我觉得,我已经把自己的半个心永远留在那儿了。

这是个春天的傍晚,在这淡紫色的变幻莫测的薄暮中,潜藏着一种忧郁的、伤感的情调,仿佛黄昏本身也理解我们的离愁别恨。玖依申极力不流露出他多么难过,他心里多么沉重,可我是知道的:我感到同样的痛苦,仿佛有一团热乎乎的东西压在我的喉头上。玖依申定定地望着我的眼睛,用手抚摸着我的头发,我的脸颊,甚至我连衣裙上的纽扣。

"阿尔狄娜依,我要是能让你永远都不离开我一步该多好!"他说,"但我没有权利妨碍你。你应该学习。何况我的文化不高。去吧,这样会好些……也许,你会成为一个真正的教师,那时候,当你想起我们的学校,说不定你会觉得好笑……好吧,就这样吧……"

远处传来火车头的呜呜声,回声震荡了山谷,隐约闪现出火车的灯光。车站上的人群开始骚动起来。

"好吧,你就要走了,"玖依申紧紧地握着我的手,用颤抖的声音说,"祝你幸福,阿尔狄娜依!最主要的是学习,学习……"

我一句话也回答不出,眼泪窒息了我。

"别哭,阿尔狄娜依,"玖依申替我擦掉眼泪,忽然说,"至于我和你种的那两棵小白杨,我会把它们侍候大的。当你长大回来的时候,你会看到它们长得多么雄伟,多么挺拔。"

这时,列车缓缓地进站了。车厢哗啷哗啷地震响着,慢慢地停了下来。

"好啦,咱们来告别吧!"玖依申抱住我,紧紧地吻着我的额头,"祝你健康,祝你一路平安,再见了,亲爱的……别害怕,勇敢些。"

我跳上踏板,回过头来望去。我永远不能忘记玖依申的那副样子,他站在那儿,胳膊上缠着绷带,用一双泪水迷离的眼睛痴痴地望着我,后来,他往前倾着身子,好像要摸一摸我,但就在这时,火车开动了。

"再见,阿尔狄娜依!再见,我的小星星!"

"再见,老师!再见,我亲爱的老师!"

玖依申跟在车厢旁边跑着,后来他停下了,最后他猛地往前冲了几步,大声喊道:

"阿尔狄——娜——依!"

他拼命地喊啊喊啊,仿佛忘记了告诉我什么极其重要的话语,后来才想起来,虽然明明知道已经晚了……直到现在,这发自心灵深处的喊声还萦绕在我的耳边……

列车穿过隧道,开上一条直路,加快了速度,载着我越过哈萨克草原的广袤平原,驶向新的生活……

再见了,老师;再见了,我的第一个学校;再见了,童年;再见了,我的没对任何人吐露过的初恋……

是的,我正是在玖依申曾经幻想过的大城市里学习,在他曾经讲述过的有大窗户的大学校里学习。后来,我念完了工农速成中学,又被送到莫斯科——进了大学。

在这漫长的学习年代里我经受了多少艰难困苦啊,多少次我陷入绝望中,觉得我实在没法通晓那深奥难解的科学,但每一次在最沉重的时刻,我都默默地履行了我对我第一个老师许下的诺言,不许自己畏缩。别人立刻就领会了的东西,我要花费巨大的劳动才能理解。因为我一切都得从头学起。

当我还在工农速成中学学习的时候,我曾经给老师写过一封信,向他吐露了衷情,说我爱他并且等待着他。他没有回信。从此,我们的通信就中断了。我想,他断绝了我们之间的通信是因为他不愿妨碍我学习。也许,他做得对……但也可能还有别的什么原因?当时我忍受了多少熬煎,思量了又思量……

在莫斯科我通过了我的第一篇学位论文答辩。对我来说,这是一次重大的胜利。这些年来我一直没有机会重返故里。而战争却爆发了。那年深秋,我们从莫斯科疏散到伏龙芝去,我在我的老师和我告别的那个车站下了车。我的运气很好:立刻找到了一辆顺路的马车,它要经过我们村到国营农场去。

啊,亲爱的故乡啊,我不得不在对我们说来是如此严峻的战争年代来访问你!当我看到这发生了巨变的山乡时——到处林立的新村,连片深翻的田地,新修的道路和桥梁——我多么高兴哪!可是战争却给这次会见罩上了阴影。

快进村的时候,我的心情非常激动。我从远处仔细端详着那一条条新修的陌生的街道,一幢幢新盖的楼房和花园,后来,我看了盖着我们那个小学的小山冈一眼,不禁屏住了呼吸——山冈上并排立着两棵高大的白杨树,在风中来回地摇摆着。我第一次呼唤着我一生都称之为"老师"的那个人的名字。

"玖依申!"我低声呼唤道,"玖依申,谢谢你为我做的一切!你没有忘记,这就是说,你想到了……它们多么像你啊!……"

赶车的小伙子看见我脸上有泪水,不禁担忧起来:
"您怎么啦?"
"嗯,没什么。你知道这个农庄的什么人吗?"
"当然知道。全是自己人。"

"那你知道玖依申吗？就是那个当过老师的？"

"玖依申吗？他参军了呀。我亲自用这辆车把他送到军事委员部去的。"

在村口，我请小伙子停住马，下了车。下车后我陷入了沉思。在这动荡不安的时刻，要我挨家挨户地去寻找熟人，探问他们还记得我不，说我是你们的老乡，我没有这个决心。而玖依申已经参了军。此外还有：我发过誓永远不到我婶子和叔叔住的地方去。当然，可以原谅人们的许多不是，但我认为，像他们那种骇人听闻的暴行是任何人都不会饶恕的。因此，我离开了进村的大道，朝小山冈上的白杨树走去。

唉，白杨树啊白杨树！打你们还是两株稚嫩的青灰色的小树苗儿起到现在，流逝了多少河水啊！那栽培你们和养育你们的人曾梦想过的一切，曾预言过的一切，都实现了。你们为什么这么悲切地喧嚣，你们有什么苦恼？也许是你们在抱怨冬天就要降临，寒风会刮落你们的叶儿？也许是人民的苦难和悲哀在你们的枝丫间回荡？

是的，冬天还会来，寒冷会降临，还有严酷的暴风雪，但春天也要来到……

我伫立山冈，久久地谛听着深秋落叶的萧萧声。树根旁边的沟渠不久前有人刚清理过，地上还保留着月锄深翻过的、几乎还是新鲜的痕迹。沟里的水清澈透明，微微泛着涟漪，水面漂浮着片片枯黄的杨树叶子。

从山冈上可以看到新学校的染过色的屋顶，而我们那个学校已经无影无踪了。

后来,我朝归路走去,搭上一辆顺路的马车,就回车站去了。

经历了战争之后,胜利来到了。人民苦尽甘来:孩子们背着爸爸的军用挂包去上学;男人们回来参加了劳动;兵士的妻子们哭坏了眼睛,默默地顺应了自己的寡妇命运。也有人还在坚贞地等待着自己的亲人。本来嘛,不是所有的人都能马上回家的。

我也不知道玖依申的情况怎样。我那些进城来玩的老乡们说,他失踪了。村苏维埃曾经接到过那么一份通知书。

"说不定牺牲了。"他们喃喃地说,"日子一天一天地过去了,可他仍音讯杳无。"

"那么说,我的老师不会回来了。"有时候我想,"从我们在车站上告别的那永世难忘的一天起,我们就再也见不着了……"

有时我回忆起过去,竟没料想到,我心里原来积蓄了那么多的痛苦。

四六年暮秋,我到托木斯克大学去讲学。我是第一次上西伯利亚去。在那秋末冬初的时刻,西伯利亚严寒而又阴森。古老的森林像一堵堵黑墙掠过窗外,小树林间闪过黑魆魆的树梢,烟囱里冒出一缕缕白色的炊烟。冰冻的田野落满了初雪,竖起羽毛的寒鸦在雪原上空盘旋。天空暗淡无光。

但我在车厢却很快活。我同车厢的一位旅伴——从前上过前线,如今是位拄着拐杖的残废军人,他讲了许多军人生活的趣事和笑话,逗得我们哈哈大笑。我为他那无穷无尽的想象力而惊讶。在这些天真的杜撰和无害的玩笑中常常感觉到真正的真理。他非常讨同车人的喜欢。后来,我们的列车在诺沃西比斯克附近的一个小会让站逗留了一分钟。我站在窗旁,眺望着会让站,同时被我那位旅伴的惊人妙语逗得咯咯直笑。

列车缓缓地开动了,渐渐加快了速度:窗外掠过车站上那间孤零零的小屋。当列车开上岔道时,我惊异得跳离了窗口,但随即又重新扑向窗子。他在那儿,玖依申!他站在岗棚旁,手中拿着一杆小旗。我不明白自己发生了什么事。

"停车!"我朝整个车厢大声喊道,接着就朝出口扑去,自己也不知道该做什么。但就在这时,我看见了紧急制动阀,于是,我就用力把它从铅封上扳了下来。

车厢登时互相撞击起来,列车猛然刹住,接着又猛然往后一退。行李架上的东西噼里啪啦掉将下来,杯盘碗碟滚得一地。孩子和妇女大声哭叫起来。有人失声喊道:

"有人卧轨了!"

而我已经奔到踏板上,我没有看清车下的土地,就跳了下去,仿佛跳入万丈深渊。接着,我仍然什么也没看见、什么也不明白地朝扳道员的小屋跑去,朝玖依申跑去。身后响起了乘务员的警笛声,旅客们从车厢里纷纷跳下,朝我追来。

我顺着列车一气不停地跑着,而玖依申已经朝我跑来。

"玖依申,老师!"我一边喊,一边朝他扑去。

扳道员吃惊地停住了脚步,莫名其妙地望着我的眼睛。

这是他,是玖依申,是他的脸,他的眼睛,只不过他先前没留小胡子,再就是稍微老了一些。

"您怎么啦,小妹妹,怎么啦?"他用哈萨克语深表同情地问道,"您大概认错人了,我是扳道员扎加金,我的名字叫别依涅乌。"

"别依涅乌?"

我不知道我怎样来得及闭上了嘴巴,才没有因为悲哀、痛苦和羞耻而大声喊叫出来。我干的是什么事呀?我用手捂住脸,垂下了头。为什么我脚下的土地不爆裂开来?我应该向扳道员道歉!请求旅客原谅,可我却像块石头似的待在那儿,默默无语。追随我来的旅客们不知为什么也保持着缄默。我等待着即将到来的指责和斥骂。但是大伙却一言不发。在这可怕的寂静中传来一个女人的呜咽声:

"不幸的姑娘,她以为是丈夫或者兄弟,原来不是。看错了。"

人们开始骚动起来。

"真会有这种事。"有人低声说。

"什么事不会有呢,在战争时期我们什么没有忍受过呢?……"一个嗓音嘶哑的女人的声音答道。

扳道员把我的手从脸上拉下来,说:

"走吧,我送你回车厢去,冷得很哪。"

他挽着我的胳膊,有一位军官从另一面也挽起我的胳膊。

"走吧,女公民,我们都理解你。"他说。

人们让开了道路,我仿佛被他们带了去埋葬。我们缓缓地走在前头,其余的人跟在我们后面。迎面走来的旅客也默默地加入了后面的人群。不知是谁往我肩上搭了一条鸭绒披巾。我那位同车厢的旅伴拄着拐杖,蹒跚地走在我的旁边。他稍稍赶上前一步,看了看我的脸。他本是个快活乐观、谈笑风生、善良温厚、英勇无畏的人,不知为什么此刻却摘了帽子,低头走着,看样子好像在哭。我也在哭。在这沿着列车行进的死寂的行列中,在电线间呼啸怒吼的风声中,我听到了送葬的哀乐。"不,我永远也见不到他了。"

列车长在车厢旁边止住了我们。他大声喊叫着什么,用指头威吓着我,说什么要控告我,要罚我的款。但我什么也没回答。我对一切都无所谓。他塞给我一本事故记录簿,要我签字。但我连拿铅笔的力气都没有。

这时,我那位同车厢的旅伴从他手中夺过记录簿,拄着拐杖朝他逼进一步,对着他的脸大声喝道:

"让她安静一会儿!我签,是我扳的制动阀。我负责!……"

误了点的列车沿着西伯利亚的原野,沿着俄罗斯固有的边疆疾驰而去。我的旅伴弹起吉他,夜半悲音,如泣如诉。而我,在自己的心中,带走了像俄罗斯寡妇深沉的歌声一样的过去战争的哀伤的余音。

流年似水。往事不堪回首。未来的大小事物不断地召唤着人们。我很晚才结婚。不过我碰到了一个好人。我们有了孩子,有了家,过得非常和睦。我现在是哲学博士,经常出差,到过许多国家……就是没回过咱们村。这当然有原因,而且原因很多,但我不打算替自己辩护。我和自己的乡亲们断绝了联系,这是不好的,是不可饶恕的。不过,我的命运已经这样注定了。我并没有忘记过去,不,我不会忘记的,我只是在某种程度上和它疏远了。

山中常有这样的清泉,当新修的公路穿过山谷时,通往它们的小路就被遗忘了,拐到那儿去喝水的旅客越来越少,山泉也逐渐长满薄荷与黑莓,最后,从一旁就完全看不出它们来了。在炎热的日子里,很少有人想起这样的山泉而从大道上拐到那儿去饮水解渴。往后有人来了,他找到这块荒芜之地,拨开芦丛杂草,不禁低声赞叹不已,并为这平静深邃、纯净清凉、长久无人搅浑的泉水惊倒。他在水中看见了自己,看见了太阳,看见了天空,看见了山岳……他认为,不知道这样一个美妙的所在简直是罪过,应该把这个令人神往的地方告诉同志们。他这样想了又忘了,直到下次旧地重游的时候。

生活里有时也是这样。大概,正因为如此才叫作生活。

在我回村以后不久,我忆起了这样的山泉。

你当然难以理解我当时为什么这样突然地离开库尔库列乌村。难道不能把我此刻告诉你的这些话在那儿当场告诉乡亲们?不能。我当时的心绪十分缭乱。我是那样惭愧,我为自己感到羞耻。因此,我决定立刻离开。我明白我愧对玖依申,我不能正视他的眼睛。我必须使自己冷静下来,清理清理思想,在路上好好考虑一下我不仅想告诉乡亲们,而且想告诉别的许多人的那些话。

我感到不安的还因为不该我受到这种种敬重,在新学校举行开学典礼的时候不该我坐在荣誉席上。这权利首先

191

应当属于咱村的第一位老师,第一位共产党员——老玖依申。可结果恰恰相反。我们倒坐在宴席旁,而这位难能可贵的好人却东奔西走地传递信件,赶着在开学典礼之前把该校前几期毕业生的贺电及时送到。

要知道这种事绝非仅有。我看到过不止一次。因此我提出这样一个问题:我们是什么时候丧失了真正地尊重一个普通人——像列宁尊重普通人那样——的品德的?……谢天谢地,我们如今谈起这些问题的时候已经用不着弄虚作假、口是心非了。我们也能在这方面靠拢列宁一些,这很好。

青年们不知道玖依申那时是个什么样的老师。老一代的人许多都不在了。玖依申的不少学生在战争中英勇牺牲了,他们称得上是真正的苏维埃战士。我应该把玖依申老师的事迹告诉给青年们。任何人处在我的地位都会这样做。但我不在村里,对玖依申的情况一点也不了解,随着时间的消逝,他的形象对我来说,仿佛成了保藏在博物馆僻静角落里的一件珍贵的遗物。

我还会来看望自己的老师的,我要回答他,请求他的宽恕。

从莫斯科回去时,我要回库尔库列乌一趟,建议那儿的乡亲们管这所新修的寄宿学校叫"玖依申中学"。是的,就以这位普通的农庄庄员,今天的邮递员的名字来命名。我希望您,作为一位同乡,能支持我的建议。我请求您这样做。

此刻,在莫斯科正是午夜两点。我站在旅馆的凉台上,眺望着灯火点点、辽阔无边的莫斯科夜景,想象着我回到村里,见着老师并亲吻他花白胡须的种种情形……

我敞开窗户,一股清新的气流涌进屋里。在晴朗的浅蓝色的薄暮中,我仔细端详着我刚刚开始动笔的一幅画稿。草稿很多,我曾画了一张又一张。但谈到完整的画面为时还早。我还没有找到主要的东西……我在黎明前的静谧中徘徊徜徉,左思右想。每次都这样。每次我都深信,我的画还只是一个构思。

不管怎么说,我要和你们谈谈我这幅尚未完成的作品。我要和你们商量商量。你们当然猜到,我这幅画是献给我们村的第一位老师,第一位共产党员——老玖依申的。

但我还不能设想我的画笔是否能描绘得出这充满了斗争的复杂生活,这种种的遭遇和人的激情。我该怎么做才能把这只满满的杯子端到你们,我的同时代人的面前,而不至于抛洒?我该怎么做才能使我的构思不仅让你们了解,而且成为我们共同的创作?

我不能不画这幅画,但我又是多么焦虑,多么担忧啊!有时候我觉得我不会画出什么名堂来。这时我就想:为什么命运要让我来拿这只画笔呢!多么痛苦的生活啊!有时候我又觉得自己浑身是劲,连山都可以翻个个儿。这时我又想:好好地观察吧,研究吧,选择吧。就画玖依申和阿尔狄娜依种的白杨树吧。就是在你的童年使你享受了多少美妙的瞬间的那两棵白杨——虽然你当时不知道它们的历史。画一个打着赤脚、晒得黑黑的男孩,他爬得高高的,坐在一根白杨树枝上,用一双迷惑的眼睛凝望着神秘莫测的远方。

或者画一幅叫《第一位老师》的画。也许就画那一刹那:玖依申抱着孩子们涉水过河,而那些戴着有护耳的红狐皮帽的愚人,却骑着膘肥体壮的大烈马从旁走过,并且嘲笑他……

要不就画老师送阿尔狄娜依到城里学习去的那一瞬间。还记得他最后一次是怎么叫喊的吗?画这么一幅画,让它像阿尔狄娜依至今还听得见的玖依申的喊声那样,在每个人的心中引起共鸣。

这是我在这样对自己说。我对自己说过许许多多,但并不全都有结果。就是此刻我也还不知道我要画一幅什么样的画。不过我坚信一点:我将不断地探索下去。

白祖芸 译